ハヤカワ文庫 JA
〈JA1084〉

この空のまもり

芝村裕吏

早川書房
7089

目次

この空のまもり

第一章　終わりの始まり

ニート、田中翼《たなかつばさ》の朝は早い。起きている家人がいないし、何より幼なじみが邪魔しに来ないからだった。

鳥も啼《な》かぬ時間帯。外はまだ真っ暗だ。だから、電子カーテンなどは光が漏れるので当然ながら開けられぬ。

暗くても勝手知ったる自分の部屋、困ることは何もないよなと部屋の明かりをつけるか迷い、結局束ねたLED照明を幾重にも反射させた照明システムを控えめに起動させた。天井全体が明るくなる印象。これが一〇個程度のLEDの点灯で動いているのだから技術の進歩はすばらしい。

今時なんでと笑われるPCを起動させ、その音と小刻みな振動の騒がしさに閉口しながら起動が終わるのを待つ。心はもう、この空に飛んでいる。

それにしてもPCはやかましい。昼だと気にはならないが、未明のこの時間帯では気に障る。人間は勝手なものだと、翼は思った。ニートだけが分かる侘《わび》と寂《さび》だった。

起動直後からデスクトップ画面に同時展開したウィジェット……小アプリケーションたちが多数、多面の情報を表示する。同時におはようございますという声が文字になってあちこちから寄せられ、行儀良く並んだ。本来これらは読み上げアプリケーションによって同時に読み上げられ、中々騒がしくも楽しいことになるのだが、翼はアプリケーションを常に切って使わないようにしていた。

翼が好んで入れたはずの読み上げアプリケーションの声は、どこか幼なじみに似ていたのである。いつも世話を焼く幼なじみを翼は憎からず思ってはいたが、だからこそ、この空のまもりに関わって欲しくなかった。たとえ合成音声レベルでも。

――やあ、みんなおはよう。早いねー。

翼は気を取り直し、笑顔でキーボードをそっと叩いてそう入力した。流麗な入力だった。静電容量タイプの文字がいっさい印刷されていないキーボードはあくまで柔らかく、翼の人となりや配慮が、透けて見えた。リアルでは弱い立場も。

――今日は特別ですよ。

――夷狄《いてき》を放逐するために決起する日ですから。

そんな発言が続く中、誰かの発言が目についた。

――この時間に大臣がいるからじゃないですか。

翼はそんなもんかねと思った後、苦笑した。これはスタッフたちの優しい心遣いというべきだろう。

――ありがとうありがとう。そう言われると仕事をがんばりたくなるね。仕事ってなんだ。僕はやったことないぞと思いながら翼はそう入力する。まあ、これも心遣いという奴だ。半分以上自分のためというところがなさけないが。

デスクトップ上ではスタッフたちが一斉に笑っている。表示数は一四〇だった。架空政府二〇万人のスタッフのうち、架空軍に奉職するスタッフは一〇万人。この中で軍事行政、縮めて軍政という架空軍を管理運営するための行政活動を専門に行うスタッフが五〇〇〇人いる。この五〇〇〇人をさらに管理するのが一四〇人の選ばれたスタッフで、今、翼の一挙一動を待っていた。

これから日本に、そして世界に弓を引くアクションを開始する。

翼は自分の気持ちをうまく表現できないまま苦笑した。大それたと思わなくもないが、単なる誇大表現とも思える。なんとも言えないし、どんな結果になるかは分からない。僕の職業《ニート》みたいなものだと翼は思う。でもまあ、行動しないわけにもいかぬ。とっくの昔に、そういう状況までこの国も、架空政府も来てしまっていた。

それでも。


――では今日も、この国を守ろうじゃないか。

翼は流麗に入力した。

――誰にでもある、小さなもののために。

＊

まだまだ夜の時間。大学生の主が寝ている傍らで、ＰＣが一台、自動起動を開始した。

枕元に置かれた強化現実眼鏡の向こうには、現実と違う現実が浮かびあがりはじめている。

青い空と、風に揺れる草原。大きな雲がゆっくりと動いている。

この部屋にもあるテーブルが一つ。この部屋にはない光輝く流麗な文字が刻まれている。

〝八紘一宇。〟

文字が回りはじめている。回転する文字の裏から世界中のいろいろな妖精たちが顔を出しはじめた。

回る文字に誘われるように妖精が楽しそうに踊りだす。

踊り、騒ぐその中で、PCがシャットダウンを開始する。

強化現実眼鏡の電源が自動で切れた。

*

遠山美都子《とおやまみつこ》は息子が早起きするのに気づいて、あわてて強化現実眼鏡を外してキッチンを見た。ちょうど良いところの前だったのだが。

彼女は若く、強化現実眼鏡の視力サポートよりサポートまでのわずかなタイムラグの方が気になる性質《たち》だった。

「早いわね」

美都子はそう言って息子を見た。いつもは起こさないと起きないのに、どうしたことだろうと思う。

息子は大きくうなずいて、友達と約束があるんだと告げた。

「どんな約束?」

美都子の質問に、息子は身を硬くした後、静かに告げた。

「早く学校行くんだ」

「早く行ってどうするの」

「セミをみるの」

男の子はそういうものだろうかと美都子は思った。よく分からない。美都子は親が用立てた大金をはたいてお見合いするまで、男を知らずに過ごしてきた。兄弟もいなかった。とはいえ、よく分からないが些《いささ》か古典的ではあるものの、ありそうな話だとは思った。だからうなずいた。セミを取ってこられるよりは、許容できると考えた。

「気をつけてね。学校が何時から開いているか分からないけど、なんなら戻ってきなさい。朝ご飯は?」

「いらない」

そもそも、いつも息子は食べたりしない。

美都子は息子を玄関まで送った。夫は昨夜も帰ってきていないから、美都子は息子が帰るまで独り身になる。いつもそんな感じなのに、今日はそれが少し寂しかった。なぜ寂しいかは分からない。

＊

田中翼は自室にいながら、最後の打ち合わせと架空政府の首相への報告を同時に行い、今まさに行動を開始しようとする実戦部隊の最終確認に承認のサインを発行した。

続いて承認を待って活動を開始した八万人規模の部隊の動きを自室の中で観戦する。

もう翼がやることは何もない。個々の部隊指揮は将軍たちが行うし、作戦は参謀団が事前のプランに従って切り替えていく。作戦はケースに従って一〇〇〇以上に分岐し、リアルタイムに切り替えられていく手はずになっていた。

翼は、この組織を作り上げた組織のデザイナー、あるいは長としてこれから起きることを、起こすことを見届けるだけだ。そしてそれこそを、皆に望まれている。

翼は強化現実眼鏡をかけて、強化現実から仮想現実にスイッチさせた。

自室が消え、仮想の司令部が現れる。戦艦の艦橋を思わせる高さ二六〇ｍの巨大な立体構造の各層に二〇〇〇人の指揮官、オペレーターとその二倍の人影が配置され、熱を抑えた声で指揮をしている。

艦長席にあたる場所に座った架空軍陸軍大将新田《あらた》良太《りょうた》が、大臣はこちらへと座ったまま翼を案内した。左手では別の電話に出ており、当然だが大変な状況のようだった。

大将に頭を下げ、艦長席よりも上座にあたる総司令席を見上げる翼。苦笑する。

「ニートには過ぎた席だね」

その声は全軍に行き渡るように処理されていた。全オペレーターと全軍兵士が手を止めた。人影たちだけは、作業を続けている。

翼が周囲を見る。司令部と日本全部が、優しい笑いに包まれた。

「大丈夫です。大臣、大昔は私もニートでしたが、なんとかなりましたよ」

陸軍大将は電話を切って背筋を伸ばし、優しくそう言った。手を差し出す。翼は恐縮した。

手を取ってもらい、まるで現実のような疑似触感を感じつつ、ゆっくりと大将の隣の席に座る。席が後ろに移動し、壁につくと押し上げられ、最上位の場所まで移動した。引っ張られたり押し上げられたりという疑似感覚の連続を感じて大変だなと他人事のように考えた。

今、翼はここで誰よりも高い場所にいる。そこは日本架空軍最高司令官である首相から選ばれた一人の若きニートの指定席であり、若きニートは誰よりも自然体でその場にいる。自分より年上の大将には気を使っても、彼は自分のいる場所に気を使ったりはしなかった。

席は、まだ動いている。

ゆっくりと前に出て、ようやく停止。翼は微笑んで顔をあげる。技術部め、僕が手伝って手が空いたことをいいことに、戦闘機や武器を開発する傍《かたわ》らでこんな物をつくっていたか。

苦笑するようなその顔の動きが、中央の立体表示装置と各所にあるサブモニターに映し出される。悠然と泰然を兼ね備え、誰よりも控えめながらその仕事ぶりは旧き良き日本を体現すると称えられたニートを見て、架空軍全軍の将兵が急速に士気を高めはじめた。

おおよそ、落ち着いた司令官ほど将兵の士気を鼓舞するものはない。

「架空防衛大臣、出動指令を」

翼の前にマイクが一つだけ置かれている。ただの飾りだったが、翼は苦笑しながら顔を近づけた。

「事、ここに至っては僕としては何も言うことはない。いつも通りにやろう。そして日本を守ろう」

翼は優しく言った。

「架空軍陸軍、出動開始」

その言葉を引き継いで陸軍大将が口を開いた。

「出動開始」

すぐに司令部の全員が一斉に復唱を開始した。

「出動開始」「出動開始」「出動開始！」「出動開始」「出動開始します」「出動開始」

「出動開始せよ」「出動開始。急げ」「出動開始」「出動開始」「出動開始！」

何千もの出動開始の号令が伝達されていく。司令部は輪をかけて忙しくなりはじめる。もう、誰も架空防衛大臣を見る者はいない。……それでいい。これからは個々の将兵の戦いだ。勝ち目の薄い個人と他国との戦いを避け、翼は数年かかって小さな光と言うべき個人をまとめ上げ、巨大な光の剣として、日本と他国との戦いに持ち込んだ。

今、それを個人に返す。国と国の戦いは、個人と個人の戦いに還っていく。日本の各地、津々浦々に小さな光が一斉に散って、東京で、大阪で、名古屋で仙台で、広島で札幌でいわきで熊本で、一斉に日本を守って戦いだした。

翼は微笑む。こんな時に適切な表情を知らないし、数年かけた感動も緊張も特にない。思えば彼はずっと、プログラムを書いているか人と話して組織をデザインするかだった。どちらも強く記憶に残るようなことではない。だから笑った。感動するほど何かを覚えているわけではなかった。

だがそれが大スクリーンで、あるいはあらゆる部隊のモニターで表示されると、別の意味を持ちはじめる。翼は翼が思うほど、他人から忘れられていなかった。うちの大臣は緊張もなにもしてねえ。近所のコンビニに行くように、一〇万の軍を動かしている。これより活動を開始する架空軍将兵は、そう考えて口を笑わせた。現実の大臣なんぞおよびもつかない、スーパーニートの大臣だと。

＊

三浦大輔《みうらだいすけ》の朝は大学生にしては早い。全ての大学生がそうだとは限らないが、彼の知る限りではそうだった。

自動メンテナンスでPCが起動していたのか、妙に部屋が暑いと思いつつ枕元の強化現実眼鏡をかけ、つまらない現実を強化する。視界の隅に目立たない透過色で時刻と日付、曜日、気温、天気予想を表示する。

アルバイト開始までのカウントダウンが表示されている。急がなければいけない。

着替え、階段を下り、走る。自転車に乗って行きたいが、アルバイト先では停めるところがない。それに、さして遠くもない。走ってまあ二〇分。大久保通りを新宿方面に向かって走る。神田川にかかる橋を渡り、遠くに中野坂上の高層ビル群を見る。緩やかな坂道を駆け上がり、どうにかこうにか大久保駅もほど近い場所まで走っていく。

顔を合わせた記憶がない店主から預かった鍵を使い、店内を掃除。ついでに外も掃除する。そこから先が大変だ。三浦大輔は店の前でスマートフォン片手に、画面を覗きながらあっちこっちを見る。

スマートフォンのカメラを通じて見える風景は、現実と随分違う。

夜の喧噪もどこかに消え失せ、色あせて雑然とした大久保の街は、スマートフォンをかざしてみれば半透明のいろんなウィンドウで埋め尽くされている。綺麗な緑の文字、鮮やかすぎる赤い文字、空中にパフォーマーが描いたらしい巨大な梵字。文字だけではない。重なって低空を列をなして移動する看板に、現実にはいないバニースーツ姿の女性たちがカメラに気づいて微笑み返し、挑発的に手を動かして夜からの店に大輔を誘おうとしている。

これが、強化現実。平成の頃とほとんど変わらない大久保の街並みの本当の姿。現代が現代である証拠。

大輔は苦笑しながら騒がしい強化現実を眺めて回る。遊びではない、それがアルバイトだった。

文字やバニーガール、空飛ぶ看板その他いろいろは、強化現実上では一様にタグ、と呼ばれる。正式には仮想タグという。仮想タグは強化現実を見ることが出来るインターネットに接続可能な強化現実眼鏡やスマートフォンでアプリケーションを通じて可視化される。ようするに、仮想現実アイコンを押してスマートフォンのカメラで風景にかざせば閲覧することが出来る。ただそれだけだった。

ただそれだけが、平成と今の違い。それでも大きく、昔とは違う。昔よりずっと複雑な日本に、大輔は住んでいる。

いつもならピンクチラシだの店のレビューと称する罵詈雑言がタグとして仮想的に店に

はりつけられているはずだったが、なぜだかこの日はそれらが一個もなく、大輔は楽だと思いつつ日本は大丈夫かと考えた。いや、めでたいことには違いないが、ちょっとだけそう思ったのだった。彼もまた、仕事をしていないと何もしていない気になる、そんな社会人の予備軍だったのかも知れない。

やることがなく仕方なく、大輔は店の外にだらしなく置かれたビールの空き箱の一つをひっくり返して腰を据え、煙草を吹かした。煙草の煙はのんびりと、少し肌寒い秋の空に上っていく。

情報系大学生で最近人気のバイトが仮想タグの取り外しだった。

GPSで測位した場所と紐づけられ、仮想的に置かれた情報……仮想タグは強化現実、すなわちスマートフォンや強化現実眼鏡を通して可視化され、ユーザーは検索ワードや面倒な操作を介さずに沢山の情報を得ることができる。

沢山の情報とは聞こえは良いが、実体は文字に限らないにせよ、落書きと同じだった。今、世界中は落書きにあふれている。日本も例外ではない。飲食店であれば朝、店の外を掃き清めるように仮想タグを掃除しなければいけない。そうでなければまともな営業など不可能になる。悪性のタグがベタベタとはられ、読むだけで食欲がなくなる。今日日《きょうび》、生きているだけで悪意を向けられ、悪口が悪性タグになって十秒に一枚張り付けられるものなのだ。

平成も終わって一五年、世は、強化現実時代になっていた。あらゆるところで架空と現実が混じり合い、両方を使って人は生きている。使わなければ生きていけない。

情報はネットだけのものではなく、現実は触れるものだけではなくなってしまった。社会は複雑になり、複雑さは不都合と、ビジネスチャンスを生む。

結果、仮想タグの取り外しという新手のアルバイトが生まれてくる。

駅伝の見物をする知恵みたいなものだ。大輔は煙草を吹かしながらそう考えた。駅伝を見物する人間が脚立を持ってくる。これなら確かによく見える。だが全部の人間が便利だからと脚立を使えば、どうなるか。

大輔はスマートフォンで朝の街並みを見る。にわかに全部を判別できないほどの情報が街を覆っている。皆が脚立を使った結果が、落書きの固まりに見える街の姿であり、心ない者による悪性タグのはりつけだった。

大輔は大量の情報を前に、仮想タグのチャンネルを切り替え、絞り、表示情報を減らしていく。

それでようやく、なんとか読める程度の情報になる。大輔が見ているのは都の飲食店許可表示だった。こうしてみると大久保の街は、許可を受けていない非合法の店ばかりという現実が見えてくる。

大輔はいくつかチャンネルを切り替え、座ったままスマートフォンをあちこちに向けた。

いくつも見たが、やはり悪性のタグはどこにもない。面倒くさいと思いながら立ち上がり、学校に行く小学生の隙間を抜けて隣の店も覗いた。

悪性タグはなかった。

ここまで来るとホラーだな。大輔はそう思った。あるいは付近の大学生のアルバイトを、消滅させようという業者かなにかがいるのかも知れない。

＊

小学生たちは、自分たちの列に割って入って過ぎていった、無精髭もまばらな長身の大学生を面倒くさそうに見上げた。

「なんだよあれ」

遠山翔《とおやましょう》が迷惑そうにそうつぶやいた。

「最近の大学生はなってませんな！」

妖精はそう言った。羽の生えた可憐な鋳掛け屋でもムーミン・トロールでもなく、現実にいる妖精《ようせい》という名前の小太りの小学生である。翔は親の勝手でつけられた、その名で困る妖精を助け架空軍にスカウトしたのだった。

「ああいうのがこの国をだめにするんだ」

翔がそう言うと、妖精は口元を笑わせてうなずいた。いわゆる一つの大人ごっこだった。格好いいからやっているのではなく、面白いからやっている。

「翔、これでいい？」

少し離れ、翔より十㎝ばかり背の高い少女、高波稟《たかなみりん》がそう言った。背の高さにランドセルが似合わず、さすがにセカンドバッグ姿である。手にはスマートフォンがあって、現実の道路と同じように、情報的に浄化された道が一本、映っていた。

「上出来だ」

翔はそう言った。

「仮想タグ、残しておけ。俺たちの旗」

「アイアイ」

妖精が慣れた手つきで、控えめで小さなタグをはりつけた。午後には他のタグで埋もれてしまうだろうが、それでもはりつけた。

八紘一宇《はっこういちう》と書かれた四文字からなる旗。

「これ、なんていう意味なんだろうね」

高波稟はつぶやいた。

「中国語じゃないと思うな」

翔はそう言ったが、それ以上の意味は分からなかった。そのことはさして気にもせず、検索もせずに話題を変えた。

「んじゃ、あと二カ所回ったら学校行くか」

言った後で目をさまよわせた。

「今日も担任、ぶちきれるかなあ」

「最近の先生はなってませんな！」

「ああいうのがこの国をだめにするんだ」

高波稟は八紘一宇の語の意味を検索して調べていたが、傍らで繰り広げられるそのやりとりを見てうんざりした顔をした。男子二人はやりとりが面白かったのか、目に涙を浮かべるほど笑っている。

「ごめん、全然面白くないんだけど」

稟がそう言うと、男子二人は不思議そうな顔をする。ガキっぽい男子に腹は立つが、言っても仕方ないとあきらめた。認識や考えは数年もすれば今の自分に近づくだろう。稟は何度も母に諭されていることを思い出した。短気で幼なじみを失うのは得策ではない。

翔は心配そう。

「あいつ嫌いか？」

担任教師のことをあいつ呼ばわりして、翔は言った。

「あんまりいい気はしないなー」

凜は顔をしかめてそう言った。長い足を伸ばして歩き出す。担任教師を、凜は嫌いだった。時々翔に色目を使っているように見えたからだ。

「授業さえ静かに出来ていればいいだけなんだよね。あれ」

「まーなー」

翔は目を遠くにやった。うるさくてよく怒られるのが彼だった。

凜は疑いの目を翔に向ける。翔はごまかしているように見える。本当はああいうのを翔は好きなのかも知れない。

「怒られて嬉しいとかある？」

「ねえよ」

翔は即答した。

「怒られなくても人は変われるよ」

翔はそっぽを向いてそう言った。

妖精はそれを聞いてしたり、したりとうなずいた。

＊

作戦開始から四五分。

田中翼は、自室の中で昔を思い出していた。架空軍はタイムテーブルに沿って順調に動いており、いよいよ翼のやることはなくなっていたのである。それでいいとは、翼も思う。仮想現実内に自分の人影を残し、翼は現実の自室で微笑みながら、昔を思った。

日本独自と言ってもよい公的組織、架空軍が生まれたのは五年前。

架空政府が生まれたのは三年前になる。

これらが生まれた理由は一つ、現実の日本政府の対応のまずさだった。

十年ほど前。これまでも技術の進捗と普及に対して常に後手後手に回り、現行法で無理に解釈をひろげることで対応しようとしていた日本政府は、技術革新のたびに少しずつ諸外国に差をつけられ、最終的に強化現実技術によって、決定的な差をつけられ沈んだ。技術立国日本のコンピューターソフトウェア産業は世界最大級の規模の技術者を抱えながら、崩壊したのである。

それまでも技術はあると言われながら世界標準のOSやソフトウェアを生み出すことが出来なかった日本は技術行政と外交駆け引きの失敗で強化現実でも遅れをとり、コンピューターソフトウェア産業は世界の下請けという状況だった。その先に来た超円高が、下請けの立場さえ崩壊させた。

同時に、性善説からなる日本の言論の自由をあざ笑うように、民間を名乗る外国勢力は日常的に、そして日本国土の全域にわたって爆撃を名乗る悪性タグのはりつけを開始した。それだけではなく、心ない日本人によっても無軌道に日本を荒らす悪性タグのはりつけが横行していた。

内憂外患という状況だった。

日本政府の反応は遅れた。諸外国が新規に立法して強化現実という新しい現実に対応しようとしていたのに対して、例によってただ日本だけが、現行法の解釈でことを収めようとしていた。コンピューターソフトウェア産業が崩壊したことから何も学んではいなかった。

規制らしい規制はついになかった。悪性タグの区別や判別はしない、そもそも電子的な書き込みは落書きではないので我が国に落書き問題は存在しないし、必要ならこれまでどおり民事裁判などで対応するのが望ましいというのが日本政府の見解であり、タグを管理するアメリカの企業も、企業宛に申し込めばすぐに削除処理するし、見たくなければ特定のタグだけ見たり見なかったりするように、チャンネルを変えればいいと主張した。実質的な放置であり、削除がどのように行われ、どんな風に議論されるかは不透明なままだった。削除を申し込んでも一向に消されないという声がネットに満ちた。

自衛のための企業レベルでの対応も不調に終わった。コンピューターソフトウェア産業が崩壊した後の日本はコンピュータープログラムを諸外国に発注していたが、彼らは一様に日本の法規制に後込《しりご》みしたのである。日本では自衛のための悪性タグの除去が法律により認められていなかったのである。それどころか、タグを除去した側が罪に問われる可能性すらあった。

唯一の対抗措置は日本政府の見解で示された民事裁判だが、刻一刻と増える悪性タグに対して、民事裁判の処理能力は低すぎた。

悪性タグを張り付けた者の情報開示もままならず、日本は自らの望まない悪性タグにまみれた。日本の空は無限の悪意に塗りつぶされたのである。

日本のことを日本が決められない。この不満が、結局は架空軍や架空政府を生み出した。見なければいいと言うが、当たり前の話として、落書きを顔に張り付けられて普通の人はいい気がしない。そんな意見の受け皿として、架空軍や架空政府が生み出されたのである。

当時日本最大の動画サイトを利用する若いオタクと呼ばれる層が……日本のコンピューターソフトウェア産業崩壊後行き場をなくして不満を募らせていた若者たちが……政府には任せられないと騒ぎだし、自警組織を作り上げた。自宅警備員連合組織である。この時の一員が田中翼であり、その活動は今に続いている。

彼らが利用したのは強化現実を提供するプログラムシステムのバグであり、まだ塞《ふさ》がれていない構造的欠陥だった。彼らは企業を介さないでタグの修正を行った。企業が気づいて対処するまで、修正は続いた。

翼はここで、プログラマ……専門的にはクラッカーとして活躍した。彼は日本では崩壊した産業の遅れてきた天才技術者だった。

とはいえ、穴が埋められるまで数日の天下。消された悪性タグは復旧され最初の自警活動はさほど成功したともいえなかったが、オタクには受けた。受ければ支持も得られるもので、年々組織は広がり続け、ニートや失業者中心だった自宅警備員連合組織は構成人員の一般化に伴って名前を変更した。架空軍の誕生だった。

翼は架空軍に組織改編した際に専門的すぎて会話が成立しないというプログラマ／クラッカーたちの中でもっとも話が通じるということでプログラマと一般の人々の橋渡しをすることになった。自分の受け持ちもあるんだがと翼はぼやきながら、橋渡しの仕事を見事やり遂げ、結果としてその活動はどんどん大規模化した。一〇人の活動は一〇〇人になり、一〇〇人は一〇〇〇人になった。

二年後には闘争方針の見直しが行われ、増えすぎた参加者や同意者をまとめる架空政府という名の政治部門が誕生。あらゆる手段でもって強化現実の弊害から国民と国土を守ると称した。

この間日本政府は強化現実のこのあたりの動きについて、前例を覆すことはなく、文字通り緩やかに対処しようとしていた。悪性タグをあくまで見ないことも出来る落書きであるとし、現実にはなんの痕跡もないことから他人の住居や公共物への現実での落書きより罪を軽く設定し、地方自治体の迷惑防止条例での対処をすべきとした。日本の空は財政的に全く余裕のない地方自治体に委ねられ、地方自治体は技術的にも財政的にも何もかも足りない状況で国土の防衛に失敗しつづけた。

他方、どの現実の政党もこの問題に対しては本気で動かなかった。架空政府は全方位へのあらゆる手段の一環として現実の政党への働きかけや陳情を繰り返したが、これらの試みはことごとく失敗した。

既存と現実の政党に対して、強化現実を主として使う若年層は数が少なすぎたのである。自ら少子化にしておいて、今度は数が少なくなったからと言って若年層の意見を聞かない状況にあった。

結果、若年層の政治離れは一層顕著になり、まだしも何かをやっている架空政府に従う若者が急増した。彼らは架空政府こそ、自分たちの政府だと主張した。

前例にこだわり何もしない政府と、多少の触法行為があろうとも国民を守ろうと活動する自警・自治組織。規模はけた外れに違えど、このように政府が二重化した先進国は日本だけだった。他国では現実の政府がネットや強化現実への統制と対処を行っていたが、日本は高齢社会の次に迎えた超高齢社会にあって、対応の鈍さを見せつけた。日本という国家そのものが、年を取って耄碌《もうろく》しているかのように見えた。

翼は目の端に映る時刻を見た。開始から一時間たっている。現状、そして最初は全国に展開する陸軍の出番だった。架空軍の将兵のうち、プロとか、専業といわれるニート、もしくは失業者の占める割合は全体の〇・一%に満たない。他の九九・九%は、定職やアルバイト、学生を兼務するいわばパートタイマーであり、結果大規模な作戦は、早朝に行われる傾向があった。

彼ら将兵に、武器として自分も含む技術部が開発したタグの削除ツールを渡し空前の規模で一斉削除祭りを開始したのである。

この事態にアメリカの巨大企業が気づき、強化現実システムのバグ修正が行われるまでに日本全土を情報的に浄化し、一方で大規模な政治的動員を行い、現実に圧力をかけ、悪性タグの復旧などを妨げる。

これが、今日の作戦の趣旨だった。削除活動は過去にも何度か存在したが、今回は政治部門と密接に連携して現実の政治に働きかける点と、動員規模が違っていた。架空軍史上最大の作戦だったのである。

この作戦では強化現実システムの穴を最大限利用し、現実の政府や企業に働きかける関係で作戦のどの段階でも動員する人員規模は最重要であり、翼はこのために、ほぼ一年をかけて組織を作り、人を集め、決起の足並みを揃えていた。

空軍の動きがないな。翼はそう思いながら、司令席で微笑む自分の人影を確認した。まだ誰にもばれていないようで安心する。自分の普段の言動から作られたこの人影は、時に気持ち悪いくらい良くできていた。

ともあれ。現状、架空防衛大臣がいなくなっても問題ない状況にある。翼としてはその次のための活動をしないといけない。

明るくなってきたかなと電子カーテンのリモコンスイッチを押した。明るそうだということで続けて押し続ける。暗くなっていた窓ガラスが明るくなり、最後は透明になる。朝日がまぶしく、それで翼は、照明を消した。照明システムはＬＥＤの代わりに自然光を受け取っては反射させ、天井全体を輝かせた。

見解の分かれることのない朝が来た。もう、夜でも早朝でもない。

翼は意を決し、一軒家の階段を下りる。

老人だからかなんなのか、早起きしていた母から大変申し訳なさそうに小遣いを貰い、逃げるように外に出た。人はニートになりたくてなるものではない。ニートになってしまうものだとそう思った。

家を出て、平凡な一軒家を見る。眼鏡をかけてタグで映せば、〝ここにニートがいます〟や〝ニート注意報〟などの表示が目に付いた。翼は家族と幼なじみの個人情報や悪口が書かれているタグだけ消滅させ、家の前でちょっと体操した。

「ニートのくせに朝早いね」

「ニートにもいろいろいるんだよ。あれ、今日は早いね」

翼はそう答えた。幼なじみである七海《ななみ》が、勢いよく歩いてきていた。痩せぎす、すらり、髪が短い。これでもちゃんと女に見える。人間はどこをどうやって男と女を見分けているのだろうかと、翼は考える。

「早くはないわよ。いつも通りの時間よ。それよりなんで外にいるの？」

「服を買いに行こうと思って」

「わーお。それは凄いことね。一年ぶり？」

目を細めながら、七海はそう言った。微笑む翼。

「惜しい。二四六日ぶりだよ。さっきログを見て確認した」

七海は顔を近づける。距離は五十㎝。小学生の頃は三ｍだった。この二年は年一㎝ペース。

「冬服買うの？」

「秋物だけど」

だからあと五〇年はかかるなと思いつつ、翼は微笑んで返事した。そのころ僕は七五かとも考えた。焦りは特にない。翼は万事マイペースだった。マイペースすぎてニートになったといえなくもない。

とはいえ、そんな翼であってもニートは肩身が狭い。定職についたら手とか握ろうと、翼はそんなことを考えている。

七海は、あきれたようだった。翼から見れば、彼女はいつもあきれていた。

「なんでまた」

「安いし、立場上あんまり外に出ないでいいからね」

翼は服について正直にそう言った。正直に言いはしたが、それだけでは七海の心に響かなかったらしく、七海は顔をしかめて口を開いた。

「あんたもう二五なんだから、仕事してよ。バイトでもいいし、この際給料とか安くていいから」

「考えているんだけどねー」

実際に考えてはいる。しかし急速に大きくなりすぎた架空政府と架空軍において後任人事や立案はともかく調整案件などになると、なかなか他人に渡すことが難しい。

難しい顔をする翼を、難しい顔で迎撃する七海。

「うちのお母さんとかが翼の名前聞いて微妙な顔にならない程度に表面上繕ってと言ってるのよ。それ、そんなに難しいこと？」

七海も表面上を取り繕うために仕事をしている節がある。翼は申し訳ない気分になりつつ、自分が同時に二つの事を出来ない不器用な性格であることを、申し訳なく思った。

「難しくはない」

翼は目線を下に向けながら、そう言った。申し訳ない気分でいっぱいだった。

「ああ。もうなんでこうなったんだか」

「いろいろあったんじゃないかな」

「お前のことだ」

七海は目を三角にして翼に言う。

「じゃあ、いろいろあったんだよ」

翼はそう返事した。片方の眉をあげ、腕を組む七海。

「ふふーん。私の知らないことが、そんなにあったわけ」

「現実上にはないかな」

「そうでしょうとも」

七海は機嫌よさそうにそう言った。まんざらでもなさそう。翼にとって七海の印象はいつでも変わらない。彼女は小さい頃から、翼と何でも同じにこだわった。だから現実での出来事の共有、均質化は、彼女にとって嬉しいことだ。

僕なんかと共有したり均質化したりして、何が嬉しいんだろう。

小さい頃からずっと一緒だったが、七海はいい娘だと、翼は思う。なんで自分にこんなに構ってくれるのか分からない。幼なじみだからというのが理由のすべてなのかもしれないが、それだけだと寂しいなというのが翼の偽らざる心境だった。

思考の迷宮に入りかけた架空防衛大臣を、七海は猫の襟首を摑むように現実に引き戻した。口を開く。

「んで。服を買いにいくのはいいとして、朝ご飯は？」

猫の絵が入ったエプロンと材料を入れた袋を持ち上げてみせ、七海は言った。

首を振る翼。

「今日はいいよ。父さん母さんと食べてよ」

「翼は何するの？」

「だから、服買いに」

七海はちらりと、常時かけている強化現実眼鏡に目をやった。時間表示を見た模様。

「今六時半だけど」

「安売りの店まで歩こうとするとこれくらいの時間に出ないと」

翼は決意を述べた。

「電車で行けばいいじゃない」

七海には通じていなかった。

「そこまで母さんに要求できなかった」

翼はそう言って老年の親のすねをかじるニートの申し訳ない心情を切々と吐露したが、幼なじみの心にはまったくといっていいほど響いていなかった。七海は冬のハローワーク職員のように無慈悲に告げた。

「分かった。電車賃はお姉さんだしてあげるからご飯たべなさい」

「いや、そこまで迷惑はかけられないよ」

「私の言うこと無視するんだ」

「しないけど」

「だよね」

七海は上機嫌で家の中に入っていった。翼は参ったと思った後、行ってきますと先ほど告げた家の中にすごすごと戻った。ニートの立場は弱く、幼なじみの男の立場はさらに弱かった。

それを残念と強く思わないあたりが問題なのかもしれないなと翼は考えたが、すぐにそんなことを忘れた。

＊

三浦大輔は頭をかきながら大久保通りを下って東中野の家に帰りはじめた。予定よりかなり早い展開だった。

自分で悪性タグをはりつけようかとも思ったが、それも馬鹿らしいのでやめた大輔である。

一人暮らしの家に帰り、今度は別の仕事を開始する。今ではほとんど見ないちょっとしたプログラムの制作。大学生は忙しい。

今となっては珍しくもないが、大輔の親は四〇で大輔を生み、今は六〇。高齢化しているのはもちろん、長年の賃金抑制が響いて給与は低いままだった。そんな環境で大学へ行くのは難しく、行けたとしても学費の多くを自分で稼がなければならなかった。

昔は、遊びで大学に通えた時代があったという。今では就職に結びつかない文系学科にも、そのころは人が沢山いたという話だ。

どんな時代だ。大輔は悪態をつきながらノートPCのキーボードをあやつる。平成、昭和に生まれた奴らは屑ばかりだと、ネットに書き込んだ。

それで少し落ち着いて、今度こそ本気で仕事をする。

仕事は、やせ細る一方の文系学科からの依頼だった。

紀元七九年、ヴェスヴィオ火山の噴火で沈んだイタリアはナポリ近郊にあるポンペイの街。そこの仮想的な復刻作業である。

大輔の担当は町の各所に大量に存在する落書きの再現と日本語訳の入力だった。

〝愛を語らうカップルなど死んでしまえ〞

公園の落書きを入力しながら、大輔は思わず微笑む。今も昔も、あまり変わらないなと思う。酒場の落書きに悲嘆して、落書きを消す大学生を雇おうという店主などもいたんだろうかと考えた。今度他の場所を受け持つ友人に、そういうことを示唆する落書きがなかったか尋ねてもいいなあと思う。

しかし、昔は金属のナイフなどで壁に書いたのだから、物理的に大変だ。書くのも消すのもさぞ骨であったろう。それと比べて今は楽だ。手続きや技術はいるにせよ、消すときはコマンド一発だから。

＊

浄化作戦は順調に推移している。秋の連休を前にこの日、日本各地で浄化作戦が実行されており、多くの敵性タグが除去されつつあった。

その一環を担って、遠山翔の部隊もいる。彼らは年少ゆえに補助部隊として位置づけられていたが、翔は自らの仕事ぶりで、補助という看板を外してもらうつもりだった。

「早いな。もう一カ所くらい行くか」

翔がそう言うと、稟はうんざりしながら口を開いた。

「そんなに頑張ってどうするの」

嬉しそうに笑う翔。

「防衛大臣から賞状もらう。国会にいる偽物じゃないぞ。本物の架空防衛大臣からだ」

嬉しそうな翔を半眼で見る稟。

「そんなこと出来るわけないでしょう」

「出来るかも」

そうコメントした妖精をもにらむ稟。妖精は鯉のように口を動かしたあと、本当ですと涙目で言った。

怪訝《けげん》な顔をしながらも、スマートフォンをいじる稟。思いつく検索ワードを書く。書き方は上手くなかったが、沢山の人々の癖を解析したクラウドサービスは筆跡を良く分析して、稟の望む情報を表示した。架空政府の公式アナウンスページだった。

「ほんとだ」

稟はそうつぶやいた。本物の架空防衛大臣が今度の架空政府テラ会議――つまり超巨大という意味でテラ――で優秀者に表彰をするという。架空防衛大臣である翼Pは、公式の場には滅多に姿を見せないものの、架空政府首班であるファーマウンテンかりゆし氏より、はるかに人気が高いとされているレアキャラだった。実際稟も翼Pに毎回投票をしている。物腰柔らかで年少者にも気配りを忘れない、しかもニート。なぜかニート。プログラマとしても指揮者としても超一流でありながら架空軍のみんなを見捨てられずに現実を捨てた残念な生き物。それでいて自虐ネタにすることはあれ、誰にもあたったりしないあたり、女子小学生の恋愛観にはぴったりの人物だった。凜としては、ニートであるのをのぞき、こんな人物に翔がなってくれればいいと思っている。いや、そう育てるつもり。ともあれ翼Pといえば、多くの若者にとって現実の政治家なんて話にもならない、人気実力を兼ね備えた本物のヒーローだった。

「凄いね」

凜は正直に言った。だろ。と翔と妖精は頷いた。

「表彰状もらって勉強して、いつかは俺も架空戦闘機に乗せてもらうんだ」

翔は強化眼鏡をかけて空を見上げる。空一面を覆う巨大な敵性タグの群れを見て腹を立てる。多くが日本を侮辱した内容だった。

俺たちの国を、俺たちの街をなんだと思ってる。外人どもめ。

いつかは必ず、あの空も取り戻す。翔は歯を食いしばってそう決意を改たにした。

＊

ＪＲ総武線は混みはじめていた。日本の人口は減る一方なのに、電車はいつの時代も混んでいる。翼が子供の頃もそうだったし、話に聞くところによると父の時代もそうだという。こんな光景を見ていると、本当は日本の人口は減っていないのではないかと錯覚する。

いや、減っているんだけどねと、翼は考える。日本の大学が外国人留学生のものになって久しい。

今から二五分ほど前、朝食をきっちり翼に食べさせた七海は、命令を発動した。職場に行くので途中まで一緒に行こうと翼に宣言したのである。翼に選択の余地はなかった。おそらくはずっと前から。

電車が揺れる。五〇㎝と決めた距離がたまに不可抗力で近くなる。翼は楽しいと思いつつ、今度から電車は避けようとそう思った。まあ、年に何度もある話ではないが。

「それにしても、なんで服買うの」

七海はあまり興味なさそうに尋ねた。尋ねながら、先日買ったらしい猫の形のかわいいストラップを見せる。翼はつい微笑んだ。口を開く。

「人前に出るんだよ」

「オフ会？」

七海の声のトーンが一段下がった。

「面接」

二段トーンを下げて翼は言った。

「仕事する気になったかー」

ようやく、という万感の気持ちを乗せて七海はそう言った。言ったあとで、疑いのまなざしを翼に向けた。翼は肩をすくめながら、犬がお腹を見せるように言った。

「まあ、そのための布石だね」

「布石って」

「練習?」

翼の言葉に七海はため息をついた。ついたあとで、笑った。

「まあいいか。よれよれのトレーナーとか高校時代のジャージよりは他人の目を気にするようになった分だけ、前よりちょっと前進したとしましょう」

「ありがとうございます」

七海と翼は少し笑いあった。会話が一時的に途切れる。

翼は強化現実眼鏡をかけて全表示モードにしようとしてやめる。電車内はタグが多すぎて、わけが分からない。かわりにJR公式タグだけを表示した。

秋の行楽、温泉情報にJRの不動産分譲地情報の他、吊り広告が大量に表示されている。

翼はニュースを待った。三十秒ほどで一斉に電車内の広告がニュース表示に切り替わる。

ニュースでは日本の人口の急激な落ち込みが取り上げられている。個人の医療費負担の増大が老人の寿命に影響を与え、何がなんでも助けるから、コスト的に助けられれば助けるという方針に切り替えた結果という話だった。これによって均衡出来たのは日本の財政だけではない、日本人の平均寿命も財政と均衡をとりつつある。

日本から寝たきりの老人はいなくなろうとしている。それがいいのかどうか、翼にはにわかに判断がつかなかった。

多くの老人は家族に迷惑をかけるぐらいならと、誇りをもって死を選ぶ。貧乏と誇りには深い関係があるのではないかと翼はちらりと考える。金が無くて死ぬというより、自ら死ぬというほうが今際《いまわ》の時の気分はよかろう。でも、国民がそう思おうとしているからそれでよしとしてしまっていいのだろうか。

それに、翼は考える。多くの国民に支持される架空政府や架空軍の動きというものも、貧乏と無関係ではないかも知れない。貧しいから不満があって、貧しいから反政府運動を支持する。昔から掃いて捨てるほど例のあるパターン。言うならば僕は歴史のパターンにはまった貧乏の関係者というやつか。

こんなことは考えない方が自分は幸せに生きていけると思うのだが、翼は昔から、多角的に物を考えずにはいられない。考えなければ、幼なじみがまっすぐ生きるフォローができないと考えている。

「嫌なニュースだね。切り替えたら?」

隣で七海がそう言った。さすが幼なじみというべきか、表情で翼が嫌な思考の迷宮にはまりこんでいるのが分かったらしい。翼は苦笑しながら、まったくだねと言い、強化現実眼鏡を外してポケットにしまった。それでよしとばかりに、七海は微笑んでいる。

「寝たきりとかやりたいなら、頑張って子供つくろうよ。子供に孫が沢山できれば、老人の生活費くらい稼げるよ」

「そうだね。その前にやらなければならないことが一杯あるけど」

翼がそう言うと、七海は少し驚いた。

「ニートから寝たきり老人への華麗な転身を考えているかと思った」

「そう思うだろ。ところが違うんだ。実は僕は、普通に仕事してみたいし、結婚式だってやってみたい。一度しかない人生だからね」

結婚式と聞いて七海は照れた。耳まで赤くする。

「理想高すぎて時間がかかりすぎるとかやめてよね。私、ばんばん子供産むつもりなんだから」

「大丈夫だって。信用ないと思うけど」

電車は止まった。七海は仕事に行く。翼はそれを見送る。七海は振り返る。

「信用してる。信用してるからね」

電車のドアが閉まった。翼は参ったなと考えた。そんなに強調されないでも、自分は大丈夫だと思っている。他人はどうあれ、自分の中でだけは。

＊

一限の授業に間に合うよう、三浦大輔は手早く移動を開始する。

折りたたみの自転車を担いで階段を下りていく。エレベーターはない。ない方が安いからだった。ついでに言えば電車より自転車の方が一年トータルで見ると安い。

三階を通過する際に外国人の子供と目があった。さして広い場所でもない。両方がよけて通り過ぎた。フィリピンだろうか、どこだろうかと大輔は考える。知ったところで何が分かるわけでもないのだが。

国産自動車メーカーとしては最初に自転車事業を開始したＨＯＮＤＡの折りたたみ自転車を展開して漕ぎ出す。小回りが利くごく軽量な自転車は各地で勢いを取り戻しており、東京の朝では自転車が随分増えていた。

中野の方へ緩やかな下り坂が続いている。大輔は機嫌良く自転車を漕いだ。電動アシストは作動させず、充電に力点を置いている。

自転車道を通っていると隣の車道をバイクが走っていく。ＨＯＮＤＡの五〇ccバイク、スーパーカブだった。半《ハーフ》ヘルメットを被った女子大生が眼鏡をかけたまま笑っている。先にどうぞと大輔は手を振って言った。

手を振り返し、長い髪を揺らしながら去る女子大生。第二次世界大戦が終わってからほどなくして作られたあのバイクは、それから一〇〇年近い今でも生産が続けられている。燃費はリッター一〇〇㎞というから、最新のエコカーに負けていない。

軽快な音を立てて走るカブを見て、俺もカブが良かったかなと大輔は思った。いや、今の生活では駐輪場を借りる金もないので意味のない考えだ。

昼は鳥唐揚げ定食を食べよう。カブに負けないくらい漕ぎまくれば、昼飯も旨くなるに違いない。

自転車を漕ぐ。自転車を漕ぐ。自転車を漕ぎ続ける……。

最後は半ばやけになりながら、大輔は自転車を漕ぎ続け、ついにキャンパスにたどり着いた。思ったより二〇分近くも早かった。意地とは恐ろしいなと思ったが、よく考えてみればコンビニに寄っていないだけだったということに気がついた。まあ、そんなときもあるだろうと、大輔はのんびり自転車を押して歩き出す。

どこを向いても日系日本人ばかり。田舎と同じでちょっと気持ちが良い。大輔はのんびり歩いた。まあ、ここならひったくりも少ないし、自転車泥棒にもそうそうあわない。

朝食に何を食べるか迷い、結局売店でダチョウ肉のステーキ丼を買った。昼の鳥唐揚げ定食はまたの機会に。どこで食べようかと考えて、人気《ひとけ》のない文系の研究室へ行く。

西川研究室へ。誰もいない。誰もいないので、満足して食べはじめた。昼に割り当てるつもりのカロリーも食いつぶすような、甘ったるいステーキだった。

「三浦、一限じゃないの?」

彼のあとから研究室に入ってきた女子大生が言った。先ほど自分を抜いた女子大生だった。コンビニに寄らなかったせいで、いつの間にか追い抜いていたようだった。

半ヘルをはずし、眼鏡を押すようにゴーグルのモードを変更する。運転に必要な情報から学内のローカルなタグに切り替える。虚空を見ている女子大生。TODOリストだろう。

「一限ですよ。情報工学」

「のんびりしてていいの? あそこの出欠、電子でしょ?」

「分かっています。分かっていますとも」

大輔はそう言ってごちそうさまでしたと手を合わせた。横目で見れば、女子大生は風に巻き上げられた髪をブラシで丹念にといている。髪を梳《す》く時間があるなら、俺ならいくらか稼ぐなあと大輔は思った。思いはしたが、何も言わなかった。思うなら女子大生の性的魅力についてだろうがと大輔は自分をののしったが、正直金策に忙しく、大学在学中に恋愛など無理そうだと悲観的なことしか思えなかった。二〇歳という自分の年齢もふまえ、急いで結婚しようとは大輔も思うのだが、中々うまくはいかない。

この時代、少子化の脅威は若者にこそ重く受け止められている。誰が言い出したわけでもなく結婚願望は強くなり、若いうちから子供をつくり、出来れば孫の顔を見たいと多くの若者が願うようになっていた。地方で生を享《う》けて放棄された村や町を見ている者なら、なおさらだった。強烈な喪失感とそれを埋め戻そうという気分に満ちていた。

まあ、順番というものだろう。まずは留年なしの卒業だ。食べ終えた袋をきつく縛って臭いがたたぬようにしてゴミ箱へ放り投げ、大輔は鏡とにらめっこする女子大生を見た。

「先輩は結婚しないんですか」

「三浦とはしないなあ」

口紅を塗りながら、女子大生は言った。

「あ。それは俺も知ってます」

「あ、そう」

特に何の抑揚もなく、女子大生は言った。口だけをあいうえおと動かし、笑顔を鏡に向ける。化粧はうまくいったようだった。

「幼なじみとかいるんですか」

「いるわよ。そりゃね。でも三〇点なのよね。五〇点なら合格なんだけど」

「さすが先輩、余裕ですね」

「粋がってるだけよ。いいから、いってきなさい」

「はい」

大輔はそう返事して講義のある教室へ向かった。俺はあの先輩のことを好いているんだろうかと考えた。そんなことはないなと頭の中から答えがあった。

＊

少し早く学校に行き、机に立てかけたスマートフォンに三人並んで今日の活動報告を行い、翔たちは誉められた。

「良くできました」

笑顔で痩せぎすですてきな老婦人……あるいはそう見えるアバターに誉められて、翔は嬉しそう。

横目でその笑顔をみる稟は、翔は年上が好きなんだろうかと考えた。

「遠山隊の戦果は私の方でも確認しています。がんばりましたね。このことは、必ず大尉にも伝えられるでしょう」

「防衛大臣の耳には入るでしょうか」

元気よく翔はそう言った。入るわけないでしょうがバカと稟はそう思ったが、直後に思いは打ち砕かれた。

「おそらくは」

老婆は昔、さぞかし美人だったろうという顔をしている。細面の、優しい笑顔。白い清楚なブラウスに、紺のスカート。

「本当ですか」

妖精が感動の面持ちで言った。老婆はゆっくりとうなずく。

「翼Pはいつも我々のことを気にしてくださっています」

老婆はそう言った後、表情を改めて翔たちを見た。

「今回の大規模攻勢を受け、Googleはまたタグ仕様の変更を行うでしょう。防衛大臣や技術部は次なる武器の準備をしています」

「はい」

「でも今日は、我々の勝ちね」

いたずらっぽく、老婆は微笑んだ。

「良くやりました。遠山君。これから学校でしょう。そちらも頑張るのよ」

「がぁ……頑張ります」

老婆は微笑んで姿を消した。

「見破られてるね。翔が学校の勉強苦手なこと」

「やってるよちゃんと、数学と国語と英語は」

「社会と理科もがんばろうね」

稟はそう言って、翔が誰にも取られないように、頭をなでておくことにした。

翔は稟をにらんでいる。

「お前、俺より背が高いからっていい気になってるだろ」

「すぐ逆転するわよ。翔、大きくなるって」

「ならなかったら⁉」

翔の言葉は、逆ギレというべきものだったが、稟は気にしなかった。

「かわいいと思うけど」

「かわいいですな！」

妖精も援護した。翔は何か言おうとしたが、何も言えずに自分の席へ歩いていった。

「ありがとう。妖精」

「いえいえ。仲間の援護も拙者のつとめ」

妖精はそう言うと、自分も席に戻った。稟はスマートフォンをポーチに入れ、フライトモードに変更する。

老婆の言ったことを考える。現実的に考えて一〇万もいる架空軍で、自分たちの活動が防衛大臣の耳に入ることとなんかあるんだろうか。

*

田中翼はユニクロで服を買った。秋物は既に最終セールであり、おかげで安いのがさらに安くなった。お得感がかなりあった。

たとえて言うなら昨今の通信費だなと翼は思う。とにかく安い。

厳密には上限定額制がなくなり、通信費は実質上の値上がりをしたのだが、平成の昔と比較して三次元記憶素子が実用化されてあらゆるデバイスに天文学的な記憶容量が手に入り、なんでも一時記憶可能になったことで、携帯電話の通信量、すなわち通信費は最小になっている。

東京一つどころか地球半分に匹敵する範囲の強化現実の全タグデータが携帯の中に一時記憶されている。一時というが更新されるまで永遠に記録が続く。こうしたビッグデータの利用と活用は研究が進み、推測と再構成によって通信量／料の圧縮が出来ていた。たとえば現代では、ボイスチャットであってもおおよそ数文字分の情報しか送信しない。残りは相手側の端末で記録から推測、再構成されて再生されている。推測して再構成したものの再現率は九九・九九％。逆に言えば〇・〇一％の確率で、通信のこちらと向こうで全然違う再生がされている可能性がないでもない。とはいえ大事なことは二回言えばいいだけなので、大して問題にはなっていない。現に、今のようになる前から大事なことは二回言う文化が日本にはあった。

服を入れた手提げ袋を下げ、歩いて家に帰る。

強化現実眼鏡をかけて、全てのタグを有効にする。

今日の大反抗、浄化作戦で敵性タグは激減しており、新規の悪性タグ出現を抑制するためにパトロール隊が歩き回っていた。強化現実眼鏡をつけた、数名からなるオタクの集団。最近の若者はみんなオタク扱いされるのが通例だった。彼らはその実、マナー違反ではないですかと声をかけるだけなのだが、敵性タグをはろうとする大抵の人間はそれで逃げていく。

翼は空を見上げる。中国語と韓国語の文字が躍っており、翼は顔をしかめた。まだ空軍が出ていない。少しばかり心配するが、空軍を指揮する将軍たちに状況確認の電話をかけるほどでもないと判断した。上がガタガタ言うとそれへの対応で作業コストがかかってしまう。

――見られているな。

架空政府のパトロール隊が自分を見ている。翼はパトロール隊に微笑むと会釈し、その場を去った。皆が愛国の志を持って、働いているのはとても良いことだ。

それはそれとして、就職を真面目に考えなければいけない。翼は歩きながら、そう考える。七海には随分苦労させているし、親の視線は常に痛い。

「ボイスチャットをお願いします。人事部中将のバーセイバーさんに」

肩身が狭いなか服を買ったんだからちゃんと役立てないといけない。翼はボイスコマンドで強化現実眼鏡を切り替えてボイスチャットモードに。眼鏡の端に自分の横を歩く背筋の伸びた老婆が出現した。この老婆の動きも、端末の中で再構成して再生されたものだ。

「空軍ではなく私をお呼びですか」

老婆は一緒に歩きながら、いたずらっぽく微笑んで言った。

「空軍のみんなは頑張っているよ」

翼は疑いもなくそう応えた。同意するように微笑む老婆。背筋を伸ばして嬉しそう。

「ええ。きっとそうでしょう。では、本当に私の方にご用なのですか」

「作戦期間中は休もうと思っていたのならすまないです」

翼は本当に申し訳なさそうに言った。老婆は優しく微笑んだ。

「まさか。こういうときは人事部のような間接部門でも、落ち着かないものです。何か動こうとするのが人情でしてよ」

「そうか。だとするなら人事部はいつだって仕事していることになるね。いつもありがとうございます。えーと、それで表彰のための評定会議はどうだろう」

「そうですね。詳しく資料をお出ししますか?」

「いや、そこまでのことじゃない。ただ、格好をね」

「格好ですか」

「ほら、リアルで会うから、トレーナーでは格好がつかないと」

「と、誰かに言われたんですね。副官の棘棗《とげなつめ》さんあたりでしょうか」

「……そうだね」

渋々翼は事実を認めた。老婆は困ったように、それでも優しく微笑んでいる。

「まあ、大臣の場合はいつも通りトレーナーでもいいとは思いますが、棘棗さんの乙女心にも配慮は必要だと思います」

「よく分からないんだが、棘棗さんって女性だったのか」

老婆は面白そう。すぐに澄まし顔になって横を向いた。

「それについては個人情報ですのでお答え出来かねますが、大臣はもっとオフ会に出るべきです。そうすれば棘棗さんの素顔も見れるでしょうし、カンパももっと集まるでしょう」

「バーセイバーさんがいるとかなら一度くらいは行ってもいいかな」

「残念ながら、婆は足腰が弱っております。この人影はそうでもありませんが」

「長生きしてくださいよ。さておき、バーセイバーさんがいないならあんまりオフ会なんて行きたくもないな。幼なじみはいい顔しないし。まあ、そうだな、財務や首相から活動資金が足りないと報告を受けたらそうします」

バーセイバーは優しく笑っている。翼は気恥ずかしさに頭をかいた。

「で、なんだっけかな。そう、それで僕は服を買ってきたんだよ。在庫一掃セールで」

「しかもユニクロとか」

「ユニクロはいいところだよ。在庫一掃セールがあるし」

「そうみたいですね。ともあれ、大臣がニートであることは架空政府の支持者ならだいたい知ってます。どうかすると一般人も広く知ってます」

「僕の個人情報ダダ漏れだね」

「自分でおっしゃってたじゃないですか」

老婆は翼の顔をまじまじと見ながら言った。顔を傾けている。

「まあ、隠すほどでもないしね」

しぶしぶ翼は応える。自身でよくネタにしている話ではあった。しかも絶対スべらない。いわゆる鉄板だった。

「それをダダ漏れとおっしゃる？」

「嘘ですすみません。ダダ漏れなのは僕の口でした」

「ともあれ大臣がニートなのは皆の知る事実。どんな名演説でも格好は冴えない、よれよれのトレーナー姿であるのは皆知っています」

「ああいや。ジャージ姿の時もあったとは思うんだが」

翼は申し訳なさそうに言った。老婆は不思議そうな顔。目尻の優しいしわが、彼女をリアルに表現している。翼は実際、おばあちゃんに説教されているような気になって恥ずかしそうに言った。

「あれでも髭とか剃ってたんだよ。あと散髪にも行ってきてたんだ」

「なるほど。重要な情報です。人事部の切り札として使わせていただきます。広報部にも回しておきます」

「何に使うのか怖いもの見たさで訊いてみたいんだけど、どうだろう」

「知ったらプチへこみすると思います」

「ですよね」

微妙な沈黙。翼は横を見ると、老婆は一緒にゆっくり歩きながら微笑んでいる。自分をうかがうような仕草。

「それでその。微妙にはぐらかされている気もするんだが、評定会議は」

「あら、すみません。そういうつもりはなかったのですが。順調です。本日までの議事録はまとめておりますので、送信しておきます」

「あ、いや、ログまでは。ごめんね。なんではぐらかされているような気になったんだろう」

「それは私の勘違いでしょう」

「僕じゃなくてバーセイバーさんの？」

「ええ。大臣が落ち着かなくて私に連絡をとったのかと早合点して、大臣の気を紛らわすために雑談をしようと思っていました」

「なるほど。それを僕ははぐらかされているように感じたわけか」

「申し訳ありません」

老婆は頭を下げた。

「いえいえ。こちらこそごめんなさい。心使いありがとう」

翼もリアルの頭を下げた。老婆は顔をあげ、微笑んで翼を覗き込んでいる。

「大臣はいつも素直ですね」

「そうかな。ひねくれていると自分では思っているんだが」

「そんなことはありませんよ。皆、大臣の素朴さを敬愛しています」

なんだかこそばゆいと翼は思った。老婆は指折るように言葉を続けている。

「それと、その胆力も、こうと決めたらやり遂げる情熱も」

こそばゆいをこえて痒《かゆ》くなってきた。これはいけないと話題を変えようとする。

「ええと、それでね、どんな人に僕は表彰状とか渡すんだろう。それが知りたかったんだよ。要するに」

「それでしたら、大臣が面会する予定の候補は現在三〇まで絞って、本日広報部と詰めの協議に入ることになっています。最終的には一〇組まで絞る予定です。広報部としては格好の宣伝材料ということになりますから、人事部以上に力が入っています」

「なるほど」

「既定路線としては小学生の補助部隊扱いのチームに一つ、特別賞を与える予定です」

「小学生も参加しているのか……」

　翼は渋い顔をした。自分が小学生の頃は、幼なじみと喧嘩したり一緒にネット見たりしていたもんだった。嫌な時代になってきた。

「大臣は子供にも人気がありますので」

　老婆の言葉に、しかも僕のせいかと考える翼。

「僕としてはこういうのに子供を巻き込みたくないよ」

　翼がそう言うと、老婆は優しく笑って目を細めた。

「部下もそう思っていますのでご安心ください。とはいえ、小学生も〝清掃活動〟に参加しているという事実は、政治的に重要です。いろいろな人に、重く受け止められるでしょう。本件は元々首相の肝いりです。東京も大久保近辺から表彰したいと」

「うーん。僕の近所というか大久保は確かに外国人も多いから、特に誉めたいってことなんだろうけど。どうかなあ、小学生を表彰したとしてそれで支持層が広いと思われるか、人材の層が薄いと見られるか微妙だね」

「批判的な人間は何をやっても批判的なものです。気にする必要はないかと」

「そうだね。ありがとう」

「それと、これは個人的なつての話ではありますが、空軍の出動の遅れは技術的なテストをもう一度行っているためのようです。まもなく出撃するとのこと。空軍のボロさん中将は大臣にお詫びしたいと公開状態になっているようです。お顔を出されてはいかがでしょうか」

バーセイバーは物静かに情報を出した。副官以上に副官の仕事をしてくれるこの人物を、翼は深く信頼している。

「ありがとう。見事な手際だね。バーセイバーさんが防衛大臣だったらよかったのに」

「あら、私は望んでこの立場にいますのよ？」

バーセイバーは今日一番の笑顔でさりげなく、翼の部下であることを誇った。

やっぱり痒いと、頭を派手にかく翼。

「ああいや、そうなんだろうけどね。うん」

「大丈夫。みんな大臣を敬愛しています」

老婆は微笑んだ直後に消えた。翼は唐突に消えた老婆の跡を見る。なんの変哲もない車道だった。

人事部で呼び出しでもあったかな。あるいはリアルでなにかあったか。

翼はそう考えた後、いずれにせよバーセイバーさんありがとうと心の中でお礼を言った。

*

三浦大輔は紀元七九年のポンペイの街を歩いている。

当時とは風向きだけが変わっており、遠くにあっても圧倒的な存在感を放つヴェスヴィオ火山が、不気味に鳴動し、火を噴いていた。

大輔は足を止め、火山を見上げる。富士山が爆発したら、あんな風に見えるんだろうか。思っただけで足が震える。それぐらいの迫力だった。

大輔は今、仮想現実の中にいる。

強化現実ではなく、仮想現実。一般に広く普及している現実に情報を加えた強化現実ではなく、仮想現実は全部の視覚情報をコンピューターグラフィックスに依存している。だから、空の青さも雲も、物理計算で描かれたものだった。技術開発としては仮想現実の方が早く生まれていたが、一般に使われているのは強化現実の方で、仮想現実はわずかに電子会議や遊園地のアトラクション、大学などの研究施設内だけに限られている。

街より火山に目が向いて仕方がないな。周囲のポンペイの街の出来は素晴らしいと思いはするのだが、大自然のスペクタクルには大いに負ける。

あの火山は、一〇年ほど前に作られた火砕流シミュレーターを元にしているという。災害対策として巨費を投じて作られたプログラムで、最初の狙い通り都市計画の役に立ったかどうかについてははなはだ怪しい物だったが、こうして再利用されているところを見ると無駄かどうかはさておき、当時の日本はすごかったんだなあと思わせた。一〇年前といえば、あらゆる層に今より沢山の日本人がいた。国民総高学歴時代、最後の名残で沢山の研究者もいた。国内にはまだコンピューターソフトウェア産業もあった。ため息をつく大輔。空気感まである仮想現実は大いに印象を与える。殴られる。殴られたのは現実の方だった。

「なにすんですか！」

グローブに顔を覆うヘルメットを被ったまま、大輔は言った。足はルームランナーの上に乗っており、歩き出すとランナーも動くという案配だ。

「何してるの、は私の台詞。いいから自分の書いたコードのチェックやって」

「あーはいはい」

グローブをつけたまま大輔は応える。先輩の甘い声だった。明日、火山の噴火で沈む街には似合わしくない甘い匂いまでした。

顔近づけて言ったんだろうな。惜しいことをしたと大輔は思いながら公園に向かう。仮想的な住民の多くが、火山を見ずに一心不乱に荷物を持って逃げ出している。

この仮想現実では群衆の動きもシミュレーションされている。研究にはあまり関係ないのだが、年々厳しくなる予算獲得レースでは致し方ない側面もあった。近年では産業の役に立つ研究しか認められない風潮がある。

流れに逆らい、公園に向かって歩きながら、庶民を横目で見ていく大輔。

中々の動きだ。邪魔されない限り前に歩く人を模倣して歩くだけの簡単なプログラムだが、らしさは満点。現実そのものと言える。こっちは先輩の知り合いのサンデープログラマが作成したシミュレーションプログラムだったという。大輔はこういうプログラムを作れる人も仕事はないんだよなあとちらりと思った。もし国内に産業があれば、この人はもっと稼いでいただろうに。

休日だけプログラマというサンデープログラマへの発注金額なんて雀の涙に違いない。美人で知り合いの頼みとなれば蟻の涙くらいまで細っていてもおかしくはない。

こけおどし部分はコストをかけずに流用や外注ですませる。近年の流行ともいえる開発手法だった。

それでいいのかと思わなくはないが、実際、こうして仮想現実としてポンペイの街並みが作られると、遺跡発掘では分からないいろいろなことが見えてくる。たとえば不衛生さだ。

ローマ時代の街は、どちらかというと一般にイメージされるインドの街に似ている。大輔はそう思う。人の密度が全然違う。建物は高層化されており、一階は店、二階以上が住居だった。日当たりはいいとはいえず、そしてどこを見てもいたずら書きがある。

なんだ、今の東京も似たようなもんだな。大輔はそう考えながら歩いた。大久保が一番近い感じか。あるいは千住あたりだろうか。どちらにせよ人口二万人にしてはこの街は空間が狭すぎる。その上、公共施設が多すぎた。実際でも今仮想現実で見ているように人は家にいられずに、通りをうろうろしていたことだろう。火山の噴火さえなければ、もっとそうだったに違いない。

自分が翻訳文を埋め込んだタグを記述した壁を見る。公園の落書き。

〝愛を語らうカップルなど死んでしまえ〟

と、翻訳が表示される。ベンチがおかれていたかどうかは分からないが、この場所は覗きに使えそうだなと苦笑した。これも考古学的な発見だろうかと考える。

これが書かれたのは、どんな状況だろう。昼に書いたとは思えない。夜。むせかえる男女の薫りを嗅ぎ、マスでもかきながら落書きしたに違いない。あるいは果てて、なにもかもむなしくなって書いたのか。

苦笑するうちにまた頭を叩かれた。今度のそれは結構痛かった。

あわててヘルメットを取った。綺麗な先輩が冷たい目で自分を見ていた。ぞくぞくするなと大輔は思ったが、チェックしてましたよと口では情けないことを言った。

「その割には口が笑っていたけど」

「自分の作ったもの見たんだから仕方ないじゃないですか。作る喜びってやつです」

その真実は三割ほどだったが、先輩はどうにか許してくれた。外したヘルメットを受け取りながら、先輩は言う。

「どうだった？　うちの仮想現実は」

「凄いすね。バイトということを忘れました」

「転科してくれてもいいのよ。三浦君は優秀だし」

「いや、勘弁してください。文系じゃ仕事にありつけない」

大輔がそう言うと、先輩は口紅の乗った唇を少し歪ませた。

「そうなんだけどね」

「そうなんです」

「儲けにならないから楽しいんじゃない」

「平成昭和時代みたいなこと言いますね」

「過去と現在は連続しているのよ」

「それはまあそうですが」

実際、大輔はポンペイの中に現代を見てしまった。二〇〇〇年の差があまりないのなら、平成昭和との差はもっと少ないに違いない。

グローブを外しながら、言うべきか考え、結局口にする大輔。

「あー。えーと。転科の話はおいといて、お金にならない質問いいですか。気になったんで」

応えた。

先輩はどこか楽しそうに手際よくヘルメットだのグローブだのを片づけながら、
「何？」

ジーンズ越しでもそれと分かる形のいい尻の動きを目で追いながら、大輔は言葉を練っていく。

「昭和や平成の頃って、ポンペイや今と比べて落書きが少ないように思います。実際のところどうだったんですか。あの時代だけ例外的に少なかったとか」

「ネットの書き込みを落書きといえば、平成はあんまり変わっていないかな。昭和はネットの普及率も少なかったから、特異な時代といえなくもないけれど、ラジオとか雑誌投稿なんか多かったみたいよ。それらを落書きといえるかは別だけど。まあ、専門外の意見なんだけどね。私の専門はローマ。お分かり？」

「ああ、はい。凄いもんでした。火山とか人混みとか」

先輩の口紅が乗った唇の端が震えている。たまらんなと大輔は思った。

「分かってて言ってるでしょ」

「情報分野が専門なんで」

大輔はそう言って、存分に叱られることにした。

＊

昼休みを挟んで、退屈な授業が続いている。遠山翔は退屈な日常が派手に破壊されることを願った。

次の瞬間には、魂震えるような冒険がはじまる。あるいは自分の大活躍。それが単なる夢物語だと思えるほど、翔は大人ではない。

教室の区切られた窓から見える空を、この空を見上げる。蹂躪《じゅうりん》されている僕の国。外人に自由に落書きされている僕の国。

翔は顔を赤くして腹を立てた。なんでリアルは動かないのだろうと、そう思う。政府は何をやっているんだと、母の真似をしてそう思った。そういうときだけ、翔は父のことを考える。あんまり帰ってこない、リアルの政府につとめる父。母によれば、父は今日明日忙しくなるだろうという。架空軍の大規模な政治攻勢を前に、父は分析に追われるに違いない。

後ろの席からつつかれる。後ろは幼なじみ、高波稟の席だった。

勉強しろということだろうかと振り向いた。振り向いている間に今度は教師に怒られた。

「遠山君。集中して授業を受けなさい」

踏んだり蹴ったりだと思う翔。クラスからはまばらな笑い声。ほとんど全員が笑っている。クラスには八人しかいないのだから、仕方ないと言えば仕方ない。そのうち男は三名で、女は五名だった。

後ろから攻撃があったからとは言わなかった。これが男の優しさだキリッ！　と考えたが、誰にもそんなことは伝わらないらしく、自分はまだ怒られたままだった。

売国奴めと心の中で教師を罵《ののし》る。説教が長い。自分の話が立派だとでも思っているんだろうか。

担任である女教師を見る。見られて何を思ったか、顔を真っ赤にして腹を立てていた。

「覚えておきますからね。このことは」

そう言って、女教師は背を向けて教室前のボードへ向かっていった。これからも延々と嫌みを言うつもりか。売国奴め。

黒板と昔の人は言うが、粉が体にわるいとか環境にうんぬんとかで、今は電子ボードになっている。流れる動画を見せながら、担任は教科書を読み上げた。外人とのつきあい方だった。子供にも分かる駄目な授業だと翔は思う。良い外人と悪い外人を区別していない時点で最悪だ。何の役にも立たない。

授業が終わって休み時間、翔がぐったりしていると、稟と妖精が寄ってきた。いつもの三人組ということで、翔は机に顔をつけ、ぐったりしながら微笑んだ。

「大変でしたな」

妖精はしたり顔で言った。この時代貴重な男だというのに、妖精は全然人気がない。混ざり物もないのになあと思う妖精。女の考えていることは分からない。

「ごめん」

顔を背けながら稟は言う。

「いいってことよ」

翔は顔を机に置いたままそう言った。

「それにしてもあの先生、自分の授業が面白くないという自覚がないんだろうな」

「自覚があったら、一学期の途中とかでも授業変えてくるんじゃない？」

稟はそう答えた後、つま先で模様を描くように動かした。まだ何か言いたそう。

「なんだよ」

「本当にごめん」

大きく頭を下げた。顔をあげて笑う翔。

「何言ってんだよ。何度も。いいって。気にしない」

「翔のそういうところはとてもいいですな」

妖精が笑った。次の授業を示すアラームが、小さく鳴った。

＊

田中翼はのんびり歩いて帰っている。だんだん暑くなってきて、ペースはさらに落ちている。これは休憩の一つもしないといけないかもしれない。

歩きながら思うことは七海のこと。四つ下の彼の幼なじみのこと。変声期前の少年的なイメージのある元気な娘で、昔はもっと女の子女の子してたんだがなと考えた。

真っ黒なロングの髪の毛にロングのスカート。白いブラウス。キジ猫を抱く姿は人形みたいで大層かわいかったんだがと、翼は思う。いや、今もかわいいとは思っているが当時は方向性が違った。

昔と言えば、自分は当時からよれよれのトレーナーかジャージだった。なんで彼女が自分に構ってくれるのかとあの頃から不思議でしょうがなかった。幼なじみだからといえばそれまでだが、それだけであったら悲しいなと翼は思う。

まあなんだ。就職だ。その前に日本をちょっと綺麗にする。話はそれからだ。

いつのまにか足が止まっていた。翼は頭をかいて歩き出す。いくつかのコールが強化現実眼鏡に表示されつつあった。

＊

大輔は講義を終えて教室を移動していた。

今時現実にこだわるなんて無駄に面倒くさいと思うのだが、規則なのだから仕方がない。それで、颯爽とはほど遠い足取りで歩いている。

強化現実で対処すればいいのにな、と大輔は思う。仮想現実でもいい。

先輩とすれ違った。今日何度目だと思いつつ、ラッキーなんだかなんなんだかと苦笑しながら三歩歩いて違和感に気づき、声をかけた。

「あれ、なんでこんなところにいるんですか。あと、その格好は？」

「格好は就職活動。こっち側の校舎にいるのは教員免許とろうと思って授業増やしてるの」

長い髪を揺らして、そう言う先輩。スーツ姿で歩く姿は颯爽という表現がぴったりだ。

教員免許かあ、なるほどと大輔は納得。まあ、ローマの歴史的偉大さはさておき、ローマ史だけで飯を食えているのは日本でも一〇人くらいだろうなと思った。もっとも人数は当て推量で、正確性はまったくない。

「大変ですね」

「苦学生に言われたくないわよ」

「そりゃそうでしょうけど」

先輩は少しだけ笑った。いつものジーンズもいいが、スーツ姿もおしゃれだなあと大輔は思う。おしゃれなんだがただ一点、強化現実眼鏡はいただけない。メーカーもスーツにあうようなおしゃれな強化現実眼鏡を作ればなあ。そうしたらもっと売れるだろうに。

「まあ、頑張ってください」

大輔は苦笑して言った。先輩はすました顔をしている。

「言われなくてもね」

そう言って去っていく先輩。大輔はその颯爽とした歩きを見ながら、あの人に釣り合うような男なんて、今となっては中々いないだろうなと考えた。

＊

職員用トイレの洗面台についた鏡を眺めながら、女教師は楽ではないと、工藤真澄《くどうますみ》はそう考えていた。胃は、まだむかむかしている。

子供たちの問題行動が、気にかかる。

真澄はそう考える。自分が攻撃されていることを教師として説明すると、そういうことになる。授業を真面目に受けないのは生徒からの攻撃だと、真澄は心から信じている。それを疑う心の平衡は、とうの昔にとれていない。そんなことは、真澄にだって分かっている。分かっているが、吐き気と同じ。そうそう簡単に収まるものでもない。

こういうときは仕事を変えたいと思う。私は糞ガキどもの奴隷ではない。接待サービス係でもない。でも、仕事は容易に変えられない。

鏡を見る。教師としては新人なのに老いの兆しが見え隠れして、真澄はそれが嫌だった。三〇手前の新人だった。

少子化が止まらない。教育関係者にとってそれは、職場が減ることを意味する。そして当然、親にとっての子供の価値は、絶滅寸前のうなぎの価格のように跳ね上がり続けている。いじめだ受験だ登校拒否だで自殺などして損耗していくのが当たり前の学校の消耗品、それが子供なのに、貴重品として扱わなければならない悲劇が、教育現場を襲っている。

昭和の終わり頃からの少子化が、真澄は憎くて仕方ない。こんな日本に誰がした。私の親か。私しか生んでいない。それとも私の近所の人々だろうか。私には幼なじみもいない。この時点で、結婚するのはもう難しい。シングルで終わるというのは、現代の恐怖だった。崩壊した年金制度と医療制度は独り身の老人の寿命を短くした。同時に、独り身でいることは老後を見据えて大量の貯蓄を必要とした。若いうちから身を削っていくような気持ちで貯蓄をしていると、段々と絶望的な気分になる。結婚と出産、家族による支えだけが、そこからの脱出を可能にした。お一人さまよりずっとリーズナブルで安定している。

真澄は休み時間の残りを気にした。残り五分か。気持ち悪い、気持ち悪い。またあの遠山翔と顔を合わせるのだと思うと気持ち悪くて仕方がない。

それでも少子化が止まらない。そして何度唱えてもよいほどに教育関係者にとってそれは、職場が減ることを意味する。平成の昔、教育関係者がとった生き残り策は、教育者の高度化だった。新たに学校の教員になるには大学卒業に加えて大学院を卒業しないといけない。その結果が三〇前の新人だった。

つぶしがきかない。真澄はそう考える。就職して自分に向いていないことが分かっても、転職が難しい年齢になっている。学校の消耗品を貴重品として扱わなければいけない悲劇は、教師についてもいえると真澄は思ってどこかねじれた笑い声を立てた。

冷静になる。あと二分。意を決して子供の奴隷になるつもりで、真澄は教壇に立つ。遠山翔が気持ち悪い。

＊

田中翼は公園で執務することにした。ユニクロで買った服が入った袋を横に、強化現実眼鏡のモードを通話に切り替え、虚空を見る。

昼飯は食べないことにした。お金がないともいう。

のんびりとしているように見えるなら、それもまた良し。実際ニートは暇人だと、翼は思う。もっとも暇だから日本を守るのかと言えばそうではない。

七海がいるから日本を守っている。田中翼には、ただそれだけだという妙な自信と自負がある。

たかが日本を守ったところで彼女からの無限のおせっかいのお返しにはならないが、多少なりとも世話を返したい。

田中翼が国を守ることにしたのは、幼なじみを守るためだった。

まだ、勤勉なニートになる前の不真面目な高校生だった頃だ。

ゲームの遊びすぎでふらふらゆらゆら物理シミュレーション上の木の葉のような挙動をする翼は、幼なじみに引っ張られるように通学する。

幼なじみの七海は、あきれたように笑ってる。思えばずっと、あきれられてはいた。

翼は強化現実眼鏡で制服姿の七海の背を見ている。不正規の仮想タグが張られている。翼のご主人、翼のお母さん。この辺は笑って無視したが、翼専用オナホールという表記を見て、翼は黙って手を伸ばし、そのタグをハックして握りつぶしたのだった。それが、翼がこの空を守る最初のアクションだった。

後ろを振り返り、どうしたの？　と微笑む七海に翼は一世一代の大芝居のつもりで、笑顔でなんでもないよと返した。

それから、タガが外れた。翼的には、人生大転落した。

七海にかかる悪性のタグをことごとくひっぺがし、クラスの女子生徒全員を守り、一年しないうちに全校生徒が防衛対象になった。呼吸するように悪性タグに触れては破壊して、翼は七海が悲しむようなことがないように振る舞った。それを何年も続けた。

膨れ上がる自我のように、翼は防衛対象を増やし続けた。歩くところのその全て、生活に関わるその全ての他、自分の訪れたことのない土地、風景、関わりのない人々まで守りたいと、そう願った。どんな若者にもあるであろう郷土愛が若者らしい正義心と化合して、愛国心という近代の獣が色鮮やかに形成されたのだった。

翼は自分の中にある愛国心という獣の鼻面をそっとなでた。

それが自分の一部だとは夢にも思わなかったが、怖いとも思わなかった。目がかわいいとすら思った。彼は狂っていた。あるいは中学二年でかかる妄想性の病を派手にこじらせていた。

僕はこの国を守ろうと思う。君はどうする。翼は誰よりも優しい声で、そう自らの中の獣に声をかけた。

愛国心は何も言わなかったが、翼の右手を操って、敵性タグを破砕せしめた。

それから彼と彼の獣は、寝る暇も惜しんで戦って戦って戦い抜いた。誰にも言わないし言えない、翼と彼の獣の物語。

国を攻撃する悪意はあまりにも多く、彼は何度もくじけそうになったが、そのたびに獣は翼に活力を与え、彼のやる気を奮い立たせた。

獣がうなっている。翼は我に返ってのんびりとステータスを公開状態に遷移させた。待ちかまえていたように、数名から面会申し込みが来る。翼は、はいはいと呟きながらボロさんとのボイスチャットを許可した。残りは一旦保留。ごめんねごめんねとメッセージを残す。

ベンチの隣、可愛い動物が姿を見せる。デフォルメされたウサギの妖精だった。

「こんにちは」

ボロさんというウサギの妖精は、うなだれている。

「申し訳ありません。大臣。出撃が遅れております」

微笑む翼。ウサギを見る。

「でもがんばっているんだろう。みんな」

「……それはもう！」

「なら」

翼は笑った。

「僕が言うことは何もないよ。必要なものがあるなら用意させるし、僕も手伝うけど」

「ありがたいお言葉です。現在念のための最終テストを開始しております。あと一〇分ほどで作戦開始出来る予定です」

「陸軍は大量のコーストウォッチャーをだしている。彼らに簡単な連絡をまわさないとね。僕の方からやっておこう」

「すみません」

ウサギはしょんぼりしている。翼はかわいいなあと思いながら、口を開いた。

「ううん。いいさ。見つけた穴はすぐに塞がれるだろうから、大規模作戦はなるべく派手にやらないとね。まだパッチがあたるまで少し時間かかるだろう」

「Google は破壊したタグを復活させてくるでしょうか」

「そうさせないために世論を動かさないと。そっちは情報部、ああいや、今は広報部がやるさ」

ウサギは敬礼した。

「あとはお任せします」

「うん。架空政府の力を見せてやろう」

翼は大まじめに頷いた。ウサギは耳を揺らす。

「翼Pさんが首相になればいいのにと、小官は常々思っております」

「知ってたかい？　首相って大変なんだよ」

ここだけの話と、声を潜める翼。

「ニートにはぴったりかと。いや、むしろニートのための仕事かと」

「リアルもそうだったらと思うと笑いが凍るね。いや、きっとそうじゃないと思う。両方ね。いずれにせよあと一踏ん張りだ。頼むよ」

「はっ。これが終わったら存分に寝ます」

「はい」

ウサギは最後にぺこりと頭を下げ、消えた。

微笑む翼。あれはそう、幼稚園のプレイルーム用に配布した、強化現実のキャラクターに似ている。大抵の子供が初めて触れる強化現実。妖精の国。作ったときの手間暇を思い出す。ボロさんは意外に若いのかもしれないなと翼は思った。

腹が減ったな。続いて陸軍大将の面会を許可しながら、翼はそう思った。大臣という仕事も、中々楽ではないのだった。

＊

三浦大輔は蚕《かいこ》定食を食べてのんびり学内を歩いた。やはり鳥唐揚げ定食にすればよかったと考える。最盛期の頃の規模を維持する大学の敷地はとても広く、人が少なくなった今となっては、のんびりと過ごすには最適の場所がいくつも存在している。しかも外国人が少ない。

こんなに閑散としていて大丈夫かと大輔は思う。いや、大丈夫ではないだろう。噂によればこの大学も、日本語学科を開いて留学生や新国民を迎え入れようとするのだという。事実かどうかは分からないが、昨今の流れを見れば、当然と言えなくもない。

最盛期の頃の規模を維持しているのは、大学の敷地や施設だけではない。教授や教員の数もそうだった。彼らにも生活はある。彼らはつぶしがきかない。結果として安い労働力を求める経済界に続いて、教育界が移民受け入れに傾いた。彼らは何年も子供に平等を訴えた。左派思想と仕事の維持が結びついた政治活動の始まりだった。

三浦大輔は、外国人が嫌いではない。嫌いではないが文化が違うのでまあ、たとえば無くなったりしないよう、持ち物に気を使う必要があるのは嫌だった。自転車を自室に持ち込まないと盗まれる地域に住んでいると、日本人が多いということ、つまりこの大学の良さとありがたさがよく分かる。

その一方でくつろぐ自分の方をじろじろ見るオタクっぽい集団も、大輔は好きではなかった。日本大好きオタクども、ネット右翼。

大輔は草地に座り込んで上を見る。中間はないのか、中間は。彼からしてみればどうこう、右も左もバカにしか見えない。だからどちらにも味方しない。自分だけではないだろう。そう思う人々こそが主流だと思う。

やせ細りながら連綿と続いている何もしない主流。何もしない結果が今のこれなのかなと、大輔はそう考えた。

スマートフォンを取り出して、アルバイトの検索を行う。普段から調べておかないと、儲からないのが今時のアルバイトだ。時間当たりの換金率がいいバイトは自分の技術を生かしたバイトだが、そういうのをきちんと拾うためには、こまめなチェックが欠かせない。

アルバイトの賃金は毎年外国人基準に近づいていく。具体的に言うと、どんどん下がっていた。苦学生にとって移民など迷惑なことこの上ない。それでも右に傾かないのは、人が人を差別するのはどうかと、頭のどこかで思っているせいだ。綺麗事なんだろうが、これを踏み越えて外国人を叩く気にはなれない。

叩くなら賃金を抑制するしか芸がない経営者だろう。大輔はそう結論づけた。

良い結果を返さない検索をやめ、学校内アルバイトを探して掲示板を見る。掲示板そのものには何もないが、ここには大量のタグがはられている。目に付くのは八紘一宇なる四文字の旗。

八紘一宇ってなんだ。大輔は検索して日本書紀が語源の言葉であることを知る。地の果てまで一つの家とすること。かつての日本軍国主義のスローガン。海外進出を正当化するために使われた、か。

平成時代の人間が見たらさぞかし腹を立てるだろうなと大輔は思う。自分はどうかといえば、どうでもよかった。興味もなくした。

再びバイトを探しはじめる大輔。

沢山のタグの種類を切り替えるのももどかしく、大輔は全タグを表示させた。

直後に空のかなたで爆音が轟いた。スマートフォンを取り落としそうになり、あわてて持ち直す。火山の爆発か、それとも迷惑な宣伝かとスマートフォンを空にかざして見れば、そこに映ったのは怪鳥のような飛行機だった。

――なんだあれは。

そう思う間もなく、すでにスマートフォンのフレームから飛行機は飛び去っている。あわててスマートフォンを動かし、飛行機をフレームに入れようとする。

リアルで歓声があがっている。スマートフォンを動かしながら、大輔は目の端で歓声の元を探す。日本大好きオタクどもも。

なんで歓声をあげるんだろう。大輔はそう思いながらフレームを動かす。速度が速すぎて、既に捕捉は不可能だった。

手に持ったスマートフォンを下ろして、呆然と空を見上げた。火山の仮想現実を見たせいか、まだ大気が揺れている気がする。

飛行機、あれはなんだったのだろう。全部のタグを可視にしていたせいで、どのタグチャンネルで飛んでいたのかも大輔には分からなかった。何の宣伝か、あるいはゲームか。

日本大好きオタクどもがまだ歓声をあげている。大輔はもう一度スマートフォンを持って空を見る。何の変哲もない青い空。でも違和感がある。少し考え、大輔は違和感の正体に気づいた。

全タグを可視化しているのに、空に浮かぶ中国語や韓国語の政治宣伝がない。

＊

子供に盗撮させたり録音させたりする親もいる。授業のやり方が悪いと文句を付けてくる親もいた。そういう親が引き合いに出すのは決まって塾だった。

工藤真澄は、授業をしていた。ボードに集中し、教えるべきところを教える。現代では

真澄は、遠山翔が気持ち悪くて仕方がない。だから極力見ないようにして、ボードに向かい教科書を読み上げた。

遠山翔が問題行動にでたのは、その時だった。

不意に窓際に走りより、強化現実眼鏡から音声通信を始めたのである。クラスの子供たちもにわかにざわついたが、真澄は気づくのが遅れてしまった。教科書を読み上げるのに集中しすぎていた。

読み上げが終わったあとに振り向いて、真澄はあっけにとられた。

遠山翔は、窓を見上げて泣いていた。

真澄は何が起きたのか分からなかったが、直後に凶悪な怒りに襲われ、派手に教壇を叩いて席に戻りなさいと叫んでいた。なぜ立っていたのか、なぜ泣いていたのか、そんなことよりも自分の指示や授業がないがしろにされていることに腹を立てた。

翔は、教師である真澄の指示を無視した。まだ、空を見て泣いている。

真澄は叫ぶ。席に戻れと。うるさいですよ、先生と、落ち着いた声を出したのは高波稟だった。遠山翔の幼なじみ。

真澄はうるさいと言われてショックを受け、助けを求めるようにクラスを見た。クラスの過半は、冷めた目で自分を見ており、中にはあくびをしている男子生徒もいた。妖精という親の神経が疑われる名前をつけられた子供だった。言葉にならず、真澄は教壇を何度も叩いた。

見れば子供たちの数名が指導を破って学校用以外の強化現実眼鏡や、そもそも使うのを禁じられたスマートフォンを持っており、真澄はようやく、問題の本質を理解した。分かった気になった。

「そう、そういうこと」

――TVだか宣伝だか見てるんじゃないわよ。

そう言ってめちゃくちゃに怒鳴ろうとし、真澄は何を見ているか記録にとって保護者を呼んでやろうと、自分のかけた教育者用強化現実眼鏡のタグを全可視状態にした。

翔の肩をつかもうと歩み寄る。次の一瞬、子供たちに、そして教室に巨大な影が覆い被さるのを見た。

真澄は学校指定外の強化現実眼鏡をつけた子供たちと同じように、発作的に身をすくめながら窓の外の空を見た。風圧を感じたようにも思えたが、窓ガラスは震えてもいない。

真澄は瞳を遠方の空に向ける。真澄は瞳を見開いた。巨大な飛行機だった。大きな、怪鳥のような、でも生物ではない無機質の飛行機。

それが、白いストレーキを引きながら機首を持ち上げ、ついで機体そのものをほぼ垂直に持ち上げながら飛ぶのが見えた。否、空を飛ぶというよりは天を舞うような機動だった。怪鳥を追い越し、飛んでいく二機の戦闘機。

一転して攻防が入れ替わったか、逃げまどう二機の戦闘機。垂直ループに入る。戦闘機を追う怪鳥が何かを撃った。

高空の飛行機が爆発する。爆発で散る大小の輝くものを正面から突破し、垂直ループ。

「こちら、第一八セクタ、予備部隊指定遠山小隊。コーストウォッチャー。現在位置にて疾風《はやて》による撃墜確認、なお戦闘続行中。オクレ」

最初に翔が興奮を抑えて冷静に声をあげている。

妖精がつぶやくように、がんばれ、架空政府とつぶやいたのが真澄に聞こえた。あっぱれこの空の守りと。

なんだこの安っぽい軍国主義的、戦争賞賛の言葉は。

真澄は強化現実眼鏡を外した。見えるのは平和な秋の空だった。

ゲームか。授業中にゲームか。

翔にやめなさいと注意する。自分で思うほど静かでも抑制の効いた声でもなく。どこかひどくねじくれ、甲高い声だった。

田中翼は、連絡だの連携だのと空軍へのグチとケチをつけ続ける陸軍大将をなだめ終わったところだった。もう夕方だ。

＊

空の戦いの派手さにくらべ、なんとまあ地味なこと。

架空政府による大規模作戦の上層部の動きとしては、なんともしまらないとは翼も思ったが、現場のあれそれを尻拭いするのが上の仕事と思うなら、妥当な仕事内容だったと思えなくもなかった。

強いて言えば腹が減った。

田中翼は素朴な感想を浮かべながら歩いて帰りはじめる。のんびり歩くのが好きなのだが、そうもいかない。

七海は仕事帰りに我が家へ寄りにくるだろう。母は七海を心待ちにしているに違いない。それはいいが、僕がいないと欠席裁判が起きて……当然被告は僕だ。そしてその結果、大変な判決が下るだろう。これは避けたい。

翼はそう思って苦笑しながら歩いて帰る。七海にもらった帰りの電車賃はもったいなくて使うことなく、募金か何かあれば、そこにお金を入れようかと考えた。彼女の優しさの行き先としては、そのあたりが妥当ではないだろうか。

人事部のバーセイバーさんから面会許可を求めるコールが出ている。

彼女相手だと気が楽なので、翼はこれを許可した。許可したあと、電子的な自分を非公開状態に遷移した。

「先ほどは失礼しました」

消えたときと同じように、唐突に背筋を伸ばした老婆が現れて微笑んだ。

「いや。かまわないよ」

翼はそう言ってうなずく。

「でも少しは心配したかな」

翼が笑って言った言葉に、老婆は頭を下げた。

「申し訳ございません。実は容態が思わしくなく」

「ご家族だろうか」

「いえ、私の。私もいい歳なんです」

しみじみと老婆が言うので、翼はどう答えようかと考えた。老婆は本当に老婆であったか。いや、それはそれで失礼な物言いの気がする。

「なるほど。健康は大事です。無理はしないようにしてください」

翼がそう言うと、老婆は優しく微笑んだ。

「その発言、録音して臨終の際に再生しながら逝きたいと思います」

「縁起でもない」

顔をしかめて言った翼を見て、老婆は笑った。口に手を当てて笑った。

「それはそうと、浄化作戦の成功、おめでとうございます」

「皆のおかげだよ。バーセイバーさんもありがとう」

「いえいえ」

老婆は微笑んだあと、少し目を細めて口を開いた。

「あとはどうなることやら」

「あとは政治の問題だよ。架空軍としてやることはやった。次は政治部門の、首相や他の閣僚の仕事だ」

「彼らはうまくやれるでしょうか」

「今の首相は優秀だよ」

翼はそう言って請け合ったが、老婆の顔は晴れなかった。

「懸念があるのかい？」

翼の言葉に、老婆は考えて口を開いた。

「軍人よりも政治家の方が好戦的ではないかと、思うときがあります」

「なるほど。まあでも、現場の苦労を知らないで結果だけ見ていれば、言いたい放題にもなるってもんだよ。それが普通さ」

「民衆と同じですね」

「人間は皆そうさ」

翼はそう言って政治部門をかばった。

「例外を一人知っています。私の上司なんですけれど」

老婆は微笑んで、口元に指を寄せた。バーセイバーさんに上司なんかいたっけなと少し考え、自分のことかと翼は顔を赤くした。

「僕はただのニートなんだが」

「優秀なニートですわ」

「僕の母にそんなこと言われたら軽く死ぬなぁ」

「私ならどうでしょう」

「真意を問いただすね」

「なるほど。今の発言は心の底からのものです」

老婆はそう言って微笑んだ。

「でもニートなんだ」

翼は残念そうに応える。

「国防の重責を担っているのです。専業でなければ務まりません」

首相はどうなんだ首相は、あの人はちゃんと定職ついているぞと翼は言いかけたが、言えば言うほど自分が傷つくので、言うのはやめた。仕事をしていないというのはつらいなあと、常々思っていたことを再度心に刻み込んだ。

「なにか」

老婆は優しく笑って顔を見ている。頭をかく翼。時期的に早いが、意を決する。

「ああ。いや。そうだ、バーセイバーさんにだけは伝えとこうと思って」

「婆でよければ」

光栄であるかのように、老婆は大きく体を揺らし、手を振って頭をさげた。

「ああ。いやその政治的に一定の成功を収め、現実が動いたら、僕は勇退するよ。就職活動する予定だ」

翼はずっと思っていたことを口にした。

老婆の目は見開かれた。

第二章　小さな事件

　その日の夜、三浦大輔《みうらだいすけ》はテレビを見るために大久保の街に出ていた。本来は大久保を通り過ぎ、そのまま新宿まで行ってそこで駅前の大規模テレビを見る予定だった。

　この時代の人物としては珍しくもなく、大輔も家にはテレビを持っていなかった。娯楽として必要を感じることがない。今では多数の、他の娯楽がある。

　とはいえ、テレビは無くなっていない。一方向ながら大量のデータを送信できる手段ということで、動画配信手段としてはいまだに愛好者がいる。

　大久保は人でごったがえしている。小岩や錦糸町に並んで、今東京で一番活気に満ちあふれた……具体的には外国人が沢山の……場所がここだった。

　ごったがえすのはテレビのせいだった。街頭テレビがしきりに今日の事件のニュースを流している。

これだ。これが見たかったと、大輔は思った。人混みのなか背伸びをする。架空政府を名乗る団体が起こした行動らしい。そういや、そんな名前の日本大好きオタクどもがいたなと大輔は思い出した。

日本全国で、悪性タグの一斉排除が行われたらしい。現実の政府はそれらに対してなんの行動も示しておらず、警察は被害届が出ていないのでコメントしかねるという態度だった。要するに現実は、いつもの通りこの件について何もしていない。

左右を見る大輔。不安そうな顔をしている人々が多いのが、気にかかった。

もっと詳しくニュースを見たかったが、番組は切り替わってサッカーの試合を映し始めている。大輔はこれだから古い仕様の機械はと言いながら、やっぱり新宿に出ることにした。あそこには巨大ビジョンがある。

大久保から新宿まで歩いて二五分、自転車を漕いで一五分しないといったところ。大久保通りをそのまま走るよりはこっちが早いと、大輔は自転車で生活道路をいくつか曲がり、小滝橋通りから新宿西口の大ガードへ出た。

自転車から降りて、足を止める大輔。無数の提灯が新宿で躍っている。

目をみはる大輔。提灯を持った人々が、列をなして歩いている。お祭りかと思いつつ、大久保との落差の激しさに頭がくらくらした。

これはなんですかと人に訊く度胸もなく、歩きながら様子をうかがう大輔。提灯行列はどこまでも続いているように見える。提灯には〝悪性タグ清掃祝〟とあり、反対側にはURLがあった。URLをスマートフォンで認識させ、架空政府のHPにたどり着く。やっぱり奴らの仕業かと、大輔は理解した。

日本大好きオタクどもが空を見て万歳する理由がわかった。

〝八紘一宇〟

これまで何気なく見ていたその旗から得体の知れない感じを受けて、大輔は薄ら寒い気になった。

なんだか気味が悪い。でもその気持ちがなぜ沸き上がったのだかよく分からない。大久保の人々が不安そうにしていたからだろうか。大輔はそう考えた。

考えながら自転車を押して歩いている。大きな電気店のディスプレイに眉目秀麗な若者が映っていた。演説をしている。

音声は聞こえないが、下に字幕がついている。架空政府の首相を名乗る人物が、諸外国の情報汚染と断固として戦うと宣言し、本物の政府の無策を糾弾している。国民に決起を呼びかけ、諸外国からの情報汚染に反対するものは提灯を持って歩き、意思表示しようと言っている。

それでなんで提灯かなと、大輔はちょっと面白くなった。滑稽だった。あいつらはとんでもない愚か者だ。あの飛行機のことを知りたくて新宿まで出てきたが、急にそれが馬鹿らしくなった。提灯と同じような、あれも酔狂というものだろう。百歩譲って派手な宣伝というやつか。

オタクどもの考えることは全く分からないと苦笑しながら歩いて帰る。自転車に乗って急いで帰る気にはならなかった。途中で提灯を配るお姉さんを見る。浴衣姿のお姉さん。

「一つどうですかー」

そんなことを言いながら笑顔で提灯を配っている。今もカップルが受け取っていった。そういうもんかと大輔は思う。それで動員人数を水増ししていたんだろう。幽霊の正体見たり枯れ尾花。苦笑して夜の新宿を見る。まあでも、綺麗な夜景ではある。

「どうですかー」

そう言われて大輔自身も提灯を勧められる。笑って断った。夜道を歩くときも便利ですよーとお姉さんはいいながら、それ以上押しつけることもなく別の人に声をかける。

大輔はバカにして気にしないことにした得体の知れない感覚を、胸騒ぎというのかなと思いつつ、胸騒ぎなんてものは役には立たないと結論づけた。

*

夜になって家に電話がかかってきた。学校からだった。翔《しょう》はその光景を恐る恐る見た。

強化現実眼鏡をかけて応答する母親の冷たい声を聞き取ろうと翔は耳を澄ませたが、内容が耳に入ってこない。怖かった。怖かったのでベッドに入って布団をかぶって丸まった。

どれくらいそうしたか分からない。朝まで逃げ切ったかもしれないと翔は思ったが、そうはうまくいかなかった。

「翔。起きてるんでしょう」

そう言われて、翔は跳ね上がった。

「うん。起きてる」

時計を見る。二〇分とたっていなかった。翔にとって時は常に遅いものだが、それにしても遅すぎた。翔は上目がちに母を見る。身が硬くなっているのが自分でも分かった。

母は恐ろしい。それがなぜかは、分からない。翔はそう思いながら正座した。家で怒られるときの、姿勢だった。

「学校でゲームをしていたそうね」

「違います。俺……」

「俺？」

「日本を守っていたんです」

翔はそう言った。母は腕組みを解いて、話を聞くそぶりをした。

「架空政府の、あの、陸軍で」

母は驚きもせず、小さく微笑んで頷いた。驚く翔。

「知ってるの？」

「少しね」

母はそう言った。

「ニュースでやっていたわ。架空政府が大規模な悪性タグの清掃活動を行ったって」

「はい」

翔はうなずいた。母がどう反応し、動くか分からない。分からないが、怒られることを恐れた。

「ゲームじゃなかったのね」

「はい」

「清掃活動を手伝っていたのね」

「はい」

厳密にはそれとこれは違う気がしたが、翔は緊張が高まりすぎて、そのあたりの判断を間違えた。

母は、笑う。翔を抱き寄せ、背をなでた。翔としては自慢の、美しい母。

「分かりました」

母は言った。

「信じます」

「お母さん」

「学校には文句を言います。でも、授業中にそういうことをやるのはいけないことよ」

「すみません」

翔は謝った。なぜか涙が出た。母は優しく背を叩いた。

「次から、授業はちゃんと受けるようにしなさい」

母は翔の活動について何も言わず、今日はもう寝なさいと言った。

翔は布団を被った。母が怒っていなくて本当に良かった。

*

田中翼《たなかつばさ》は自宅での夕食が終わって既に眠くなっていた。

他の人のリアルに配慮し、また幼なじみに邪魔されない早朝に執務をする関係上、夜も早い。いつもは昼寝でしのいでいるが、今日はそれも出来なかった。結果として、小学生のように目を瞬かせている。

「眠そうだね」

洗い物まで終わって、隣のソファに腰掛けながら七海《ななみ》はそう言った。七海もあくび。感染《う つ》っちゃったと言って笑った。

気を使ったか、母はリビングから姿を消している。父はとっくに寝室へ行っていた。必要のない配慮だと翼は思った。両親は息子がどれくらい奥手かを知らない。正直、奥手オリンピックがあったら優勝できる自信がある。

「眠いね」

翼はそう答えた。実際眠い。

「寝ていいよ？」

予想外の声に、翼はちょっと、目が覚めた。

「七海はどうするの？」

「どうしようかな」

七海は言った。足をぶらぶらさせて、それを眺めている。

「まあ、翼の寝顔を充分見たら帰ろうかな」

「送っていくよ」

翼は微笑んだ。距離的に三〇〇ｍと離れていない両家だが心配は心配だし、この三日ほど会ってない向こうの両親にも挨拶くらいはしたい。

「最近外人多いもんね」

七海はなぜか上を見て言った。自分も上を見て考える翼。

「生まれた頃から多かった気もするけど」

「最近は特に多いんじゃないかな」

今度は目線を斜め下にやって言う。短い前髪を弄《もてあそ》んでいる。

「あんまり気にしたことはないな」

そう言いながら、翼は検索してみようかと強化現実眼鏡を探した。あれどこだろう。

七海は翼の方を勢いよく見た。顔は笑っていない。

「じゃあなんで送るなんて言うの？」

「そういうのとは関係なく、心配だから」

なぜかにらまれている。翼はなぜだろうと思った。思う間に、七海に指をさされた。

「そんなに心配してるなら、俺の部屋に泊まれぐらい言いなさい」

「僕が就職したら考える」

翼はそう、真心を込めて言った。

「それって永久に来ないじゃない」

真心は通じなかった。

個人としては奥手オリンピック代表引退の決意だったんだがな。

翼はそう思いながら頭をかく。架空軍のボロさんや陸軍大将の時は腹も立てなかったのに、翼は自分が怒っていることに気づいてびっくりした。

「僕を信じるって言ったろう」

「言ったけど……！」

そこまで言ったあと。逡巡し、下を見る七海。

「言ったけど。不安になるよ」

「あーうん、不安にさせたのは申し訳ないんだけど。大丈夫だよ」

「なにが」

「いくら不景気でもなんとかなるよ。大丈夫。就職は勇気だって、去年ニートを卒業した人の自伝的タグに書いてあった」

翼は安心させようと浮かべた良い笑顔のまま派手にひっぱたかれた。七海は走って家から出ていく。眠気が飛んだ。いつのまにか両親が寝室に引き上げたのはこの展開を読んでいたからかと思ったが、次の瞬間にはリビングから庭に出て、左手でサンダルをひっつかまえながら右手で家の柵を掴んで飛び越えていた。手を広げて七海の進路に立ち塞《ふさ》がる。五秒待つ。七海は来ない。あわてて家の反対側に回る。角を曲がる七海の後ろ姿をちらりと見る。そっちは家の方角じゃないだろうと、翼は全力で駆けだした。

＊

深夜になって大輔は家に帰ってきた。新宿まで足を延ばしたはいいが、そのまま帰る気にもなれず、大久保の屋台村でビール一杯と数本の焼き鳥で三時間ほど粘った末の帰還だった。

この頃には漠然とした不安など、ほとんど忘れていた。

どちらかと言えば、道路を泣きながら駆けていった女性の方が気になっていた。なんで泣いていたのか分からないが、男が悪いと思う。こういうのは大抵男が悪い。

飲酒運転で検挙されるのも嫌なのでずっと押していた自転車をたたみ、狭い階段を見上げる。自室のある五階にたどり着くまでが帰宅だと思った。思いとは裏腹にゆっくりと階段を上がった。カロリーが足りてなかったとは思わない。足りてないのは気力だった。

三階まで上がったところで、怒鳴り声が聞こえてくる。

こんな時間に元気なことだ。三階の住人だろう。どの部屋の住人かまでは分からないが。

怒鳴り声を聞き流し、疲れたように階段を上がる。幼い泣き声が聞こえ、大輔は足を止めた。嫌な顔をする。怒鳴り声は断続的に聞こえる。よく分からない言葉が聞こえた。そしてまた、幼い泣き声。女の子の声に聞こえた。怒鳴っているのは母親だろうか、女の声だった。

こういう時はどちらが悪いんだろうか。これが男女の声なら男が悪いと断罪できるのだがと考えたあと、そういう海外ドラマかAVばかりを見ているからかもしれないなと考えた。

また少し悩んで、階段を昇る。四階に上がっても幼い泣き声は聞こえてきた。助けを求めて泣き叫んでいるように聞こえた。

どんなに心痛いことがあっても、寝てしまえばぐっすり寝るというのが子供だった。翔もそれで、だから深い眠りについていた。

これが楽しいことならば、寝付けないのに。楽しいこととそれ以外では心身の動きが違う。

＊

翔の母、美都子《みつこ》は翔の寝顔を眺めた後、部屋を出て夫婦の寝室に戻った。夫はいない。腹が立つ。腹は立つが、それを口に出すほど、夫は仕事が忙しくなり、家に帰ってこなくなる。

何もしない政府にどんな仕事があるんだか。美都子はそう思った後、気分を落ち着かせようとした。

いつもは仕事かどうかも分からないが、今日は分かる。仕事だろう。今頃夫の職場も大混乱のはず。ざまあみろ。

美都子はベッドの上に腰掛けて思う。笑いと蔑《さげす》みはすぐに寂しさに変わった。大きなベッドは一人では広すぎる。

横になって天井を見て、ベッドの傍《かたわ》らの強化現実眼鏡をかける。

防衛大臣を探すが非公開状態だった。とはいえ、緊急事態用にそばに強化現実眼鏡をはべらすくらいはしているだろうと美都子は思う。ボイスチャットのコールをしかけて、彼女はやめた。

誰に向けたか、皮肉な微笑みを浮かべつつ、美都子は代わりに田中翼の姿をした人影を複数表示させた。自分を注視している田中翼たち。

美都子はゆっくり服を脱いで翼たちに裸を見せると、どうしたのですか大臣、と艶《なまめ》かしくつぶやきながら手淫にふけりはじめた。

＊

田中翼は走っていた。新宿と大久保にほど近いとはいえ、古くからの住宅街。右も左も昭和後期から平成初期のオンボロ屋や昭和のオンボロアパートばかり。道は細く、車一台が通るのも大変そう。それでいて突然製材所があって木材が積まれていたりする。

そんな場所であるから〝七海〟と大声で呼ぶのははばかられ、翼は黙って走っている。夜だしなあと思いはした。

そのまま走っていくと大久保通りに出てしまう。それまでに追いつかないと。追いつける気がしないながら、翼はそう考えた。さすが、NOTニートは機動力が違う。

しかし、あのやりとりのどこで七海は怒ったんだ。なぜ不安に？

謎を抱えたまま、翼は考えるのをやめて七海の追跡に専念した。距離が離れかけている。

人影はまばら、街灯はがんばってあちこちにあるものの、地域住民しか歩かない生活道路。そんな中に五、六人の集団がいるとびっくりする。このあたりでは珍しい秋葉原系の服装の集団。

それどころではなく、横を突っ切って走る翼。すぐに集団が追いかけてきた。

「待て」

無視して走る翼。待てと言った集団は色めきたち、全力で追跡してくる。

「痴漢かDV男だ、捕まえろ」

「ひどい誤解だ」

翼が反論を言い終わる前に、たちまち腕を掴まれ、囲まれてしまった。警察に突きだしてやろうという気満々の集団。翼は遠くなる七海を半分口をあけて見ながら、頭を全力で働かせる。

「架空軍の陸軍治安部隊だね」

集団が驚いた顔をする。荒い息の中、翼は苦労して顔をあげる。

「架空政府の。僕は関係者だ。顔をもっと見てほしい」

「……翼Pじゃないですか。なんで大臣がこんなときに」

集団のリーダー格が、びっくりして言った。アバターとか立てずに顔出ししてて良かったなと思う翼。いや、感慨に耽《ふけ》る場合ではない。

「妹を追っている。泣いて出ていったんだ」

「なんでそんなことに」

「僕の就職の話に決まっているだろう。いいから放してくれ」

ニートに就職、妹の涙。想像の翼を広げるまでもない連想によって、集団は驚きから納得と哀れみへと表情をかえて翼を見た。

「失礼しました。て、手伝います」

「ありがとう」

翼は援軍を得て頑張って走る。七海はというとそんなに離れていなかった。むしろちょっと近づいていた。速度を調整していたのかと翼は思う。あるいは後ろをちらちら見ながら走っていたか。オタクの集団に囲まれる僕を心配して様子をうかがっていた可能性すらある。どうあれチャンスだ突撃だと、翼は小学校の運動会以来の全力で走る。あわてて七海は逃げ出す。

「逃げるな七海!」

「ずるい、援軍禁止!」

「ずるいと言われてますが!?」

臨時の部下が翼を見ながらそう言った。

「ああもう、一人で頑張ってくる」

お気をつけてー、青春だなあ、おー。妹良いなあ。という各々の勝手な声を背に、翼は走る。こけそうになりながら走る。心臓はもう爆発しそう。鼻水出るんじゃないかと思った。

＊

三浦大輔は、眠れないでいた。

断続的に子供の泣く声が聞こえたからだ。じっと布団に入って耳をすませば、物を叩く音も聞こえてくる気もする。

あれから三〇分。駄目だ、気が狂いそうだと大輔は思った。

自分はケチで薄情な小市民だと思っていたが、それ故にこの、泣き声から想像する光景には我慢がならなかった。

大輔は布団に押しつけた頭をあげ、意を決してスマートフォンを取り出した。電話として使うのは久しぶりだなと思いつつ、とりあえずは検索してこういうときはどこに相談すればいいのか調べた。警察がいいということで、警察に電話してみる。住所氏名などを明かし、事情を話す。

今日はもう夜遅いので明日見に行きますという返事を聞いて腹を立て、大輔は電話を切った。自分の腹がどこに立ってどこに座っているか、よく分からぬまま脱ぎ捨てたジーンズを穿き直す。

発作的な行動だった。階段を下り、ドアの前で聞き耳を立ててまずは部屋を特定する。泣き声がするドアを前に絶句した後、かける言葉を考える。ドアを叩く。ちょっと、うるさいですよと言う。虐待してるのかとかそういうことは言えなかった。違ったら恥ずかしいとも思ったし、トラブルになるのが嫌だったというのもある。

相手が怖いのは嫌だな。住民が出てくる前に逃げるか。そんな考えがちらりと脳裏をかすめた。

かすめた拍子か、ドアが開いて体当たりするように子供が一人駆けだしてくる。必死に逃げ出した感。顔が腫れ上がってにわかに判別つかないが、昼間にすれ違った娘だなと大輔は感じた。服は破れ、手はガムテープでぐるぐる巻きにされている。

なんてことをするんだと、自分がそう言ったかどうかは定かではない。

気づけば大輔は部屋に踏み込んでめちゃくちゃに怒っていた。

部屋の中でぐったりしている子供をもう一人見つけたときには、その母親を撲殺しようかと思ったほどだった。撲殺しなかったのは自分の自制心が優れていたというよりは、暴力を振るっていたであろう母親が泣き叫んだからだった。大騒ぎになった。

大変遅れて四階に住むインド人の夫婦がおそるおそる顔を出し、子供の手当てを申し出た。大輔は言葉なく頷いて、ガムテープを巻いた手で自分にすがりつく子供を見た。

怒りはまだ収まらぬ。

＊

おそらくはもう、深夜であろうか。

遠山《とおやま》翔は暑くて布団をどこかにおいやって寝ていたが、目に入った光に反応して薄目を開いた。

強化現実眼鏡が起動して、家庭内LANを通じてデータをため込んでいるようだった。

眼鏡の向こう、誰かに呼ばれたのか、どこかで見たような男の人が一人行儀良く座って翔を見ている。その様子が座っている猫みたいで、翔は眠い中ちょっと笑った。母がいたずらで用意したのかも知れない。父には全然似ていないけれど。どこでこの人見たかなあ。

翔は少し笑って、寝直した。明日、妖精《ようせい》に話してやろうと思った。

＊

真夜中。人がいないリビングで、電源を消し忘れた強化現実眼鏡が、情報表示を開始した。薄暗い光を放っている。眼鏡の向こうには、強化された現実がある。

緑の草原に、青い空、大きな積乱雲。草原の真ん中に一つの、古い古い石版。

石版の上には魂で彫られたような文字が刻まれている。

〝八紘一宇〟

それこそはこの空の守りであった。

時代が移り変わるように文字が回りはじめている。回転する文字の裏から世界中のいろいろな妖精たちが顔を出しはじめた。

回る文字に誘われるように妖精が楽しそうに踊りだす。踊りながら円を描き、主人の帰還を祈念した。

強化現実眼鏡のバッテリーが残り少ない。自動シャットダウンが開始される。

部屋はすぐに暗くなった。

＊

大輔は子供の手に巻かれたガムテープをはがした。自分は意気地なしの温厚な奴だとずっと思っていたが、全部間違いだったと悟った。

単に怒らねばならぬ状況に遭遇していなかっただけだ。

大輔は際限なく煮えくり返る自分の五臓六腑を自覚しながら、泣いているフィリピン人ホステスを見下ろした。泣けばいいのかとそう思った。

大輔の表情を見てか、子供の治療にあたっていたインド人の夫婦と野次馬に来たパキスタン人のバーテンダーが祖国の争いをいったん抜きにして肩をつかみ、前に立ち、大輔を止めた。

「殴っても、仕方ないでスヨ」

パキスタン人のバーテンダーは弱々しく笑いながら言った。

そんなことは分かっていると思いながら、大輔はしゃがんで子供の体の痣《あざ》を見た。涙が出るかと思った。

あとから来た四人の中国人ホステスが景気よく階段を上り下りして、氷を持ってきた。子供に身振り手振りで、体を冷やせと指示している。

腹を立てているだけでは駄目だ。必要なことは怒ることではなく、手をさしのべることだと大輔は思った。肩を落とした。

「気持ち分かるよ」

インド人が、そう言って肩を叩いて笑った。

大輔は自分に隠れる子供を抱き上げた。怒りはこの後何年も何年も消えたりはしないだろうが、今は抑えようと思った。

腹立たしいのは別のこと。自分は子供を抱きあげるくらいしか出来ないことだった。

自分には何もかも足りない。知識もだ。大輔は検索で得られる以外の知識や技が欲しいと願った。

＊

翌日朝。

小学校に通勤してきた工藤真澄《くどうますみ》は、いきなり学校長に呼び出された。

予想外ではあったが、考えてみれば予想外というほどでもない。近年の親は、しつけもしないで文句をつけては、すぐに逆上する。

真澄は手早く荷物を職員室の自分の席に置き、唇を嚙みながら、校長室に移動する。今時強化現実上のタグデータで与えられるはずの多くの賞状やトロフィーが、実体を伴って置かれているのは懐古趣味が過ぎるようにも見受けられた。

真澄は校長の前に出る。教育改革とやらで管理職である学校長が市長や区長に任命され、派遣されるようになってからこっち、教師にとって校長は内なる敵だった。この民間からの雇われ校長は、元々大手電機メーカーの部長だったといい、老いてもまだ切れ者の雰囲気を漂わせていた。

威圧的な眉に、人当たりのいい口元の老人。抗老治療は適切で、髪も肌も八〇にはとても見えなかった。

「お呼びでしょうか」

真澄の言葉に、校長は軽く頷いた。

「昨日、君の担当クラスの保護者から連絡があってね」

強化現実眼鏡を磨きながら、校長は言葉を続ける。

「君の指導方法が適切でないと連絡があった」

「遠山翔の親でしょうか」

「明かせないが、複数だよ」

「幼なじみもですか」

「いい加減にしたまえ」

強化現実眼鏡をつけてバッテリーを接続しながら校長は言った。あきれた風だった。

「君のその態度や反応は、連絡の内容を裏付けているようにも見えるぞ」

真澄は頭に血が上ったが、耐えた。目線をあちこちに向ける。それは彼女の、追いつめられた時の癖だった。

それを冷たい目で見る校長。

「指導の改善をしたまえ。これは命令だ。分かるね」

真澄は黙った。

「分からないかね」

「組合に訴えます」

真澄はこんな教育は間違っていると思いながら口を開いた。

「結構。ではどうぞ。なお、この会話は記録してあるし、組合の方にもコピーは渡しておく」

校長は冷ややかに言って、興味をなくしたように目線を下げた。

「それとタグの清掃はやった方がいい。教育者の身だしなみとしてね」

話はそれで終わりだった。

校長は全ての興味をなくしたように強化現実眼鏡で何かの資料を見ているようでもあった。

組合に勝てると思っているんだ。だとすれば不利なのは自分であり、今ここで謝ればいいのではないかとも考えた。

考えたが真澄は、自分の何が悪いのか、どうにも納得できなかった。

自分はゲームをやっている生徒を叱っただけだ。それでなぜ怒られる。

それで、頭も下げずに黙って下がった。涙が出そうだったが我慢した。

翔め。と思う。気持ち悪い、気持ち悪い、なんだってあんな奴が学校にいるんだろう。

死ねばいいのに。

＊

泣いている七海を連れ、翼が手を繋《つな》いで七海の家に連れ帰ったのは三時頃。

すみません、泣かせてしまいましたという報告をし、七海の父から青春だねと笑われ、まあ泊まっていきなさいという誘いを丁重に断って家に帰り、意識を失うようにして寝たのが三時半。うっかりそのまま一〇時まで寝てしまい、翼はしまったと飛び起きた。昨日の大作戦の後始末のあれやこれやがあったんだがと、参った参ったと思いつつ、PCをつける。起動音がやけにうるさく、三次元記憶素子の音はもっとうるさかった。

七海はなんであそこで泣いたのだろう。起動を待ちながらそう考えた。翼としては七海のために就職活動は前々から考えていたことだった。

いや、いや。だいたい昨日の朝は仕事しろと言ってたじゃないかと段々腹が立ってきた。泣いた方が勝ちという二〇世紀からのルールはそろそろ見直してもいいんじゃなかろうか。うなだれる。何が悪かったのだろう。そう思ううちに起動が終わっている。

強化現実眼鏡は便利だが、ボイスコマンドにボイスチャットでは喉が先につぶれる。食事しながらのチャットもできない。結局、廃人――今やもとの意味から遠く離れて長時間ネットを利用する人を指す用語――にとって、最良の選択は昔ながらのキーボードにPCだった。

もちろんPCについて語れば語るほど家族や幼なじみはどん引きするので、翼は今更なんでと笑われるままに、苦笑して過ごしている。それで、特に問題は感じていない。翼は強化現実上の自分について、一度も家族に語ったことはなかった。七海を守ることについて、その周辺を守ることについて、ひいては七海の国をまもることについて、それが当然のことである以上のなんの感想も抱いていない。誰に知られる必要性も、誉められ認められる必要性も感じていなかった。大臣と周囲からの尊敬を集めているようだという認識はあるが、だからといって翼自身はそれに頓着はしていなかった。田中翼の価値観は、現実のごく狭い七海という一人の範囲の中で大方全部決まってしまっている。それを不満にも思っていない。

だから自らがPCを使う必然についても、家族に語ったりはしない。

そういえば、小説家などの文筆業は今もキーボードだ。あ、プログラマもかと、翼は思う。

起動したPC上には複数のコールが入っている。人事部のバーセイバーさんに副官の棘棗さんか。

バーセイバーさんとの会話を心の拠《よ》り所にしつつ、まずは副官との心寒い会話を行おう。翼は副官の棘棗がひどく苦手だった。髪が短いことといい、七海を思わせる一方で、ひどく扇情的に振る舞うのが、自分の大事なものを攻撃されているような気になって苦手なのだった。

気を取り直して副官につなげる。嫌なことはさっさとすまそう。

ディスプレイにはりつくようにして、髪の短い美少女が涙を浮かべている。

「ヒドいですよぉ大臣。この忙しい時に妹さんときゃっきゃうふふなんてぇ」

激しく翼は咳込んだ。人の口に戸は立てられぬと言うが、拡散早すぎだろう情報化社会。

「きゃっきゃもうふふもしてないよ」

どちらかといえば小さい頃の喧嘩そのままだと翼は思った。小さな頃は、七海はことあるごとに翼にお姉さんぶっては泣いて走って、そのたびに追いかけたものだ。今でもそういう節はある。

「でも青春してたと言ってました」

髪の短い美少女、棘棗と書いてとげなつめと読む副官は、まだディスプレイにはりついたままそう言った。ディスプレイの向こう側からガラスにはりついたかのようなこの表示は最近の流行で、彼女は流行にうるさい人物だった。

「誰が言ってたんだろう」

「ネットの噂ですが」

翼はしばし考えた後、猛烈にタイピングした。

「噂を簡単に信じちゃだめだよ」

「そういうところで照れる大臣大好きです。乙女みたいで」

「そんなことが言えなくなるように無精ヒゲでものばそうか。いや、いいから報告をください」

早くも体力の七割を消耗させつつ、翼はそう入力した。まったくもってたまらんな。そもそも誰もが誰とも繋がる時代において、副官や秘書官という存在は必要ないのではなかろうか。

「アポがたくさんきています。面会が一八九四件、会議招集四八件、インタビュー申し込み一二件、メールは合計四五〇、伝言は現在副官団でテキストファイルに起こしています。三〇分ください」

あい済みませんでした、やはり現代でも副官や秘書官は必要です。心の中でそう詫びる。一人で片づけるのは無理だ、二人でも無理無理無理だ。

棘棗《とげなつめ》は不思議そう。

「こっちからは笑顔がはりついているように見えますけど、リアルタイムから写真のコピーに差し替えてます？　食事中かなんかですか」

「いや、そんなことはないけど」

「棘棗、リアルタイムの大臣の顔が見たいですー」

「いつも見てるだろ」

「いやー。件数聞いてどれくらい顔が面白いことになっているか、見てみたくてー」

「趣味悪いというからね。そういうのは」

翼はそう入力しながら、自分の姿を鏡で確認した。よれよれのトレーナー姿だった。いつもどおり。顔も残念な顔立ちだがそれ以上ではない。それでいい。自らを脚色する必然を感じない。黙ってカメラ表示に切り替えた。

棘棗はディスプレイの向こう側からはりついたまま、目を動かす。いやそれ怖いから。

「意外に普通ですね。昨日の作戦成功で目とか赤いかと思ったのに」

「感激なんかしてやらないさ。それはそうと、そっちはなんで髪型を変えたんだい」

「大臣がショートヘアが好きだと聞いて！」

「初耳だね」

「えー。人事部のバーセイバーさんからの特S情報ですよ」

「バーセイバーさんとは確かによく話すんだけどね。その件は彼女の事実誤認かな。さて、どうしてくれようか。まずは面会申し込みから処理していこうか。会議の方はざっとした優先順位をつけたリストと、簡単な要約を出してくれると嬉しい」

「えー。まあいいか、わっかりましたアイアイサー。副官団で手分けします」

「ありがとう。それにしてもアイアイサーなんてまた古い表現だね」

「そうですか。いやん。私若いつもりなんですけど。でも予定増えましたね。昨日の今日で」

平時の三倍くらいかなと、翼は思った。あれだけ大きなことをやったんだから当然だろうと思いつつ、僕の就職、ひいては七海のために政治部門はうまくやってくれているのかなあと不安になる。現実の政府に引きずられて、グズグズにならなきゃいいんだが。

そう思いながら、別のことを入力する。

「まあ、増えるのはしょうがないね。毎年正念場を迎える我が架空政府だけど、今回の正念場は大きい。がんばらないとね。今後大きな出動はないと思うけど、一応指示書書いておくんで陸空軍に回しておいてください」

「はいっ」

棘棗は、にこっと笑ってくるくる回って姿を消した。ミニすぎるスカートがふんわり持ち上がって揺れていたが、翼は最後まで見ることなく、画面を切り替える。心の癒し、バーセイバーさんと話そう。

老婆萌えというわけでもないのだが、最近疲れて演出過剰より癒しをもとめている部分がある。仕事ぶりに文句はないが、自分は棘棗さんのことが嫌いなのかもしれないと思う。なんというかそう、やっぱり彼女は幼なじみに妙に似ている。髪が短いあたりとか。

それのせいでいちいち気になるのかも。

＊

目が覚めれば部屋の隅で、毛布一枚を頼りに肩を寄せ合うように子供たちが寝ており、大輔は苦いものを飲んだような顔を浮かべ、夜のことが夢でないのを知った。前夜、大輔は子供たちを預かって寝たのだった。

寝る前のことを思い出す。深夜の英語での打ち合わせ。英語がさほど得意でもないが、フィリピン人であるという子供たちの母親の使う日本語よりはいいと、英語に切り替えて話をした。国内のソフトウェア産業が崩壊した今、日本人のソフト技術者は外国で働くしかない。そのための勉強が、役に立った。

インド人の夫婦に加え、パキスタン人のバーテンと中国人の不法入国者のホステスで、打ち合わせをすることにした。生まれて初めての珍妙な会議だったが、警察は仕事をしたがらないし、虐待された子供の扱いについていえば、民族宗教国家を越えての連帯ができた。ついでに皆の、どうにかしなければと思っていたのだが勇気が足りなかったという告白を聞き、大輔は率先の重要さと国を越えて存在する人の中の善意をそれぞれに見た気がした。

どんな人にも善意はある。ただまあ、それは小さく、勇気が足りないだけで。大輔はこの世の真理の一つを見た気になった。

子供については、中国人のホステスが私に任せろと言い張ったが、あの部屋で四人のホステスが寝泊まりしているのに、さらに二人増えるのは駄目だろうという話になり、え、ワンルームに四人もいたのかと思いつつ、結局大輔が預かったのだった。率先して突撃したせいか、大輔はリーダーのような役回りをすることになっていた。

いい人が誰かを世話しようと思う時は大抵、すでに別の人の面倒を見ている。面倒見ると言い出した中国人ホステスの残念そうな顔を見て、大輔はそう思った。

もう一つ学んだ。リーダーは損する立場にある。率先して損をとらないと、組織は瓦解する。

大学で何年か勉強するよりももっと大きな経験を一夜にして沢山積んで、大輔は睡眠から目覚めるのとは別の意味で目を覚ました。金のことばかりを気にするボンクラ大学生から、自分が無力なのを知る大学生になったのだった。それを進歩というのかどうかは自分でも分からないが、大輔は進歩だと思うことにした。

進歩につながる貴重な経験を得たと誰かに感謝するより先に、布団から逃げ出して部屋の隅で寝ていた子供たちを見て、たっぷりと哀れな気持ちになる。

とりあえずバイトを休む連絡をし、大輔は腕を組んで次のことを考える。まずは朝食だなと大輔は思う。子供たちに何かを食べさせてやりたい。

折りたたみ自転車を担いで階段を上り下りしては子供を起こすかもしれないと、大輔は財布とスマートフォンだけを持って下りた。フィリピン人の母親に育てられている子供たちはなにを食べるのかなあと考える。

そういえば、大久保にエスニック食材店があったな。そこならきっと、フィリピンな食べ物があるに違いない。それがなんだか知らないけれど。

とはいえ、自転車がないとエスニック食材店まで遠い。大輔は考える。二四時間のスーパーなら、歩いてすぐの距離にある。神田川を渡るまでもない位置、歩いて三分。そこにするかと大輔は足を向けた。

コンビニはともかくスーパーなんて一人暮らしをしてから初めてだな。そんなことを思いながら、大輔は店に入って買い物カゴをとり、食料品を買うことにした。店内ではラジオニュースが流れており、昨日からの大規模な強化現実へのハッキングと、全国各地の提灯行列の話が紹介されていた。

大輔は足を止める。スーパーで済ますとしたはいいが、フィリピンの子供が何を食べるのか、何を食べられないのかを知らない自分の知識に愕然とした。

自分は何を学校で学んでいたんだろう。こんなに大切なことなのに、自分はまるでそれを知らない。

＊

「遠山くんいるかな」

そう言って直接教室に姿を見せた校長が翔を呼び出したのは、四時間目が終わる前だった。教室で勉強しているクラスの皆が、翔に注目する。翔も校長を見てびっくりした。

「校長先生。なんで」

「話があるんだよ。授業はいいからこっちにきなさい」

翔はびっくりしながら、校長について歩く。校長室へ。担任は翔を無視して授業を続けた。

妖精と稟《りん》が顔を見合わせるのが、ちらりと見えた。

「どうしたんですか。校長先生」

翔は校長に追いつき、並んで歩きながらそう言った。この校長は、割に親しみやすい存在である。二年生の頃はまだ校長も元気で、一緒に昼休みに遊んだこともある。その頃抱っこしてもらったことを、翔はうっすらと覚えていた。

校長は、難しい顔で校長室に翔を招き入れる。

翔は少し怖くなりながらも、従った。ドアが閉まる。

「あの」

「なんで呼ばれたか、分かるかい」

沈黙が怖くて口を開いた翔に、校長はかぶせるように質問を返した。

考えるまでもないのに、考える翔。

「昨日、授業中に席を立ちました」

「授業中は授業に集中しないといけない」

「すみません」

なぜか校長は笑っている。翔は顔を少し上げ、校長の表情を不思議がった。

「まあ、その件はいいよ。担任の先生も怒ったろうしね」

「じゃあ、なんですか」

翔は恐る恐る言った。

「遠山くんは昨日、陸軍の補助部隊として、清掃活動をしていたんじゃないか」

「はい。してました」

校長は笑う。

「よくやった。君の話は人事部から報告を受けている」

校長は優しく言った。翔は目を見開いた。校長は面白がっている。

「この地区の連隊を預かる大佐は架空軍でも最年長でね。普段は学校の校長先生をしているんだが」

翔は声をあげて興奮した。まさかという顔。校長先生は優しく笑っている。

「空軍の戦闘機を見たかったのは分かるが、授業は大事だよ。校長として、上官として、そこははっきり言っておこうと思ってね。でもまあ、よくやった。誇りに思う」

手を差し出す校長。翔は感動して手を取った。

校長は静かに言った。

「悪いようにはしない。頭のおかしい左翼教師にも好きにはさせん。この国は日本人のもの、この空の守りは架空軍が行う。話は以上だ。校長先生が大佐なのは、二人だけの秘密だよ」

握手。手を強い力で握られて、翔は緊張する。

「はい」

翔は敬礼してそう返事した。飛び上がって喜びたい気分。そうだといいなと思っていた人が仲間だったことほど、嬉しいこともない。

＊

田中翼は会議で一人浮いていた。

閣僚会議。名前だけは立派だが、そこらの雑談とあまり変わらない会議が目の前で行われている。翼は自分の人影を画面内に残しつつ、現実では自室でＰＣを前に椅子の上であぐらをかき、頭をかいていた。

具体的にいうと、大変に面倒くさい。もとより翼は、会議が苦手な性質《たち》だった。翼にとってほとんど全部の事柄は話し合いをするまでもないのだが、どういうわけか他人はそうではなさそうで、意味があるかどうか甚《はなは》だ疑わしい会議を頻発させては、翼に参加を求めてきた。

なんだか偉くなるたびに、会議が増えて作業する時間が減っている気がする。それが偉くなることだと言われればそういうものかもしれないが、活躍と出世の結果が時間の浪費の増加というのは救いがない気がする。

結論としては、面倒くさいことはツールにさせようと翼は思った。翼は面倒くさいことはなんでもプログラムにさせようと考える、プログラマらしい感性をもっていた。

自作のプログラムを走らせる。自分の人影に代理応答させるというシステムだった。

人影、アバター。相手側のビッグデータ上に存在し、保持された個人情報を元に類推機能を使って組み立てられた、強化現実上で振る舞う自分の分身。相手側の強化現実に投影させる自分の姿。

人影に手を入れて別の姿をとることも出来たし、多くの人間もそうしていたが、翼は自分の姿をそのまま、人影として利用していた。さえない若者の姿だが、翼としては虚勢を張る意味がないのでそのままにしていた。

現実で正体がばれたりして困りませんかとたまに言われるが、翼としては引き籠もりなので大丈夫と答えるようにしていた。実際、家族などから疑われたことは一度もない。

引き籠もりでニートという立場にも例外的にいいことはちょっとだけある。人影の出来の良さはそのちょっとだけの例外というもので、翼の人影は自然な動きに定評があった。

接続時間の長さは人影の〝らしさ〟を決定するビッグデータの蓄積量に影響するので、翼レベルの引き籠もりニートだと、データ量は莫大で、そこから各端末が類推機能で再現する人影の動きや言動のリアリティはかなりのレベルに到達していたのである。途中で本人が人影と入れ替わっても誰にも気づかれないくらいだった。

そういう意味では、バーセイバーさんのも良くできているなあと、翼は思う。自分がよく話していることもあるんだろうが、彼女も引き籠もりなんだろうなあ。お年を召しておられるようだから、寝たきりで延命治療を受けながら最後までこの国のために戦おうとしているのかもしれない。それにしては若々しい動きだが。

まあ、どっちにしろバーセイバーさんは長生きしてください。翼は何者かに祈念しつつ、頃合いを見計らって人影と入れ替わった。大企業相手に何度も仮想タグ仕様の穴をつき、ハッキングして破壊を続けるのと比較して、会議を抜け出すのは、そんなに難しい事柄ではなかった。

それでも一応人影が不自然なことをしないかと観察を続けている。閣僚会議の中の自分――正確には自分の人影――はうんざりしているようだった。うん。リアルだ。でもそんなことまで似ないでいいのにと思いつつ、翼はうなり声を聞いた気になる。〝愛国心〟という獣が閣僚全部を食い殺せと言っているが、翼はそれを無視した。衝動にかられればいいってものでもない。

電子会議でうんざりする自分がいる一方、現実の自分も似たり寄ったりの状況で自室でPCを前にあぐらをかいて座っていた。面倒というよりは、暑苦しい。現在午前一一時。

朝夕は肌寒いほどとはいえ、昼間は暑く、空調服を着るかどうか悩む状況にある。

まあいいや。なんとなく電気代がもったいない気もしつつ、空調服を接続しながら翼は会議をちらりと見る。一応監視はしているが、もう全部人影に任せてしまおうかと思いはじめてもいた。

誰も直接顔を合わせない電子会議。今となっては別に珍しくもないのだが、さておきこの雰囲気には、どうにも慣れない。

加えて今日のこのテンションは、ちょっと異常だった。とはいえこれも仕方ないなと、翼はちょっと思う。一夜あけて自分たちは時の人になっている。浮かれて当然といえなくもなかった。ただ自分がそういうのに頓着しないだけで。

それにしても今回は、いつもは冷淡な反応をするマスコミも、しでかしたことが大きすぎたせいか、大いに扱ってくれていた。政治的にはありがたい話だ。

ありがたい話だが、喜びすぎだろう。お前ら。閣僚たちは宴会しそうな勢いだった。宴会気分の演出か、閣僚会議にもかかわらず扇子を表示させ、ひょうたんの顔にアバターを変更している者もいる。

架空政府首相も苦笑するばかりだ。今日くらいは祝勝気分に浸らせたい。そう考えているのかも知れなかった。

ＰＣの画面を見るのも面倒くさく、強化現実眼鏡に切り替えた目の端にボイスチャットのコール表示。会議を完全に人影に任せ、即座にコールを受ける翼。バーセイバーさんだった。

「閣僚会議中失礼します」

人事部のバーセイバーはちっとも邪魔を気にしていない顔でそう言った。

「なんだろう」

翼は微笑んでそう言った。自室の中で、スカートにブラウス姿の老婆が靴を手に持ったまま立っている。微笑む老婆。

「大した用事ではないのですが、そろそろ閣僚会議に退屈をされているかと思いまして」

「さすがだね。完全にあたりというところさ。あ、そこらに座ってください」

バーセイバーは皺を一層深くする笑みを浮かべて翼の隣に座った。靴は裏返して自らのスカートの上に載せている。

周囲を見ているバーセイバー。

「そういえば、この部屋を見るのは初めてです」

その言葉を聞いて、翼は目を泳がせた。この場にいない人物のことを考えた。

「そうだっけ。ごめんね、散らかっていて」

「いえ、片づけておられるとは到底思っていませんでしたから」

嫌みでもなんでもない言葉だったが、微妙に翼は傷ついた。他人に良く見せようなどという概念は希薄なつもりだが、人によるのかもしれないと自己分析する。バーセイバーさん以外では、七海に言われたら傷つくかもしれない。まあ、傷つくのが分かっているのでこの部屋に入れたりはしないけど。

「……今度女性をあげるときはちゃんと片づけておくよ」

「そういう日が来ることを、願っております」

真面目そうなバーセイバーの言葉に、苦笑する翼。

「僕も願ってるけどね」

バーセイバーは目を伏せた。翼は、いやそこで悲しげにしなくてもと思った。確かに女気は幼なじみ以外はまったくないけども。

目をさまよわせた後、自分も目線を下にやる。七海はなんで就職すると言ったら怒ったんだろうかと考えた。今日はそればかりを考えている。

バーセイバーさんに相談するのはどうだろうか。人生経験が豊富な彼女なら、良い助言が期待できるかもしれない。

「ところで、まあその、用事の前に一つききたいんだけど」

「なんでしょうか」

「幼なじみに就職活動するといったら、なんか不機嫌になったんだよ。どうしてだと思う？」

　バーセイバーは動きをしばし止めた後、不意に腕を組んだ。

「そうですね。不安になったのではないでしょうか。架空防衛大臣が職を辞したら、日本はどうなるんだ、また悪性タグが氾濫するのではないかと考えたのではないでしょうか。実際多くの将兵や支持者はそう思うと思います」

「ところが僕の活動は幼なじみには秘密にしてるんだよ」

　バーセイバーは数秒考える。

「そういうことなら、そうですね。きっと何故突然心変わりしたのかと心配になっているのではないでしょうか」

　そう言われて翼は考える。七海はそういう心配はしないだろう。心配する前に指さして、説明しなさい。くらいは言うだろうが。

　バーセイバーさんに考えてもらうのは無理があったかと苦笑する。彼女はとても奥ゆかしいのだった。若い頃はさぞかし可憐な乙女だったに違いない。

「なるほど。まあ、それで大したことのない用事というのは？」

「そうでした。架空軍への志願者が今日の段階で急増しています」

「どれくらいだろう」

「一〇〇万人はくだりません。昨日今日の段階でサーバーに繋げることが難しい状況になっています」

「一〇〇万か。そりゃまた大きくでたね。日本には若者がまだそんなにいたっけか」

「あら、若者だけとは限りませんよ。個人情報を収集しているわけではありませんが、老若男女まんべんなくいるようです」

翼は少し驚いた。意外な反響と言うべきだった。これまでつとめて情報を公開し訴えかけてきたはずだが、好意的反応は圧倒的に若年層が多かった。それもオタクと呼ばれる層がほとんどだったはずだ。

「驚きだな」

「そうですね。でも、プレス発表前の生データで、内閣官房などで脚色されたものではありません」

架空政府に対して否定的な響きを持って、バーセイバーはそう言った。彼女は政治部門が政治的効果とやらのために度々情報を操作するのを、大変に嫌っている。

翼も、これには同意見だった。嘘なんかつかなくてもこの空は守れるというのがその主張だ。

「ああうん、そりゃまあそうだろうね」

翼はバーセイバーに同意しつつ、腕をくんだ。

「どっちにしろ一〇〇万人は大変な人数だ」

こちらの方は、他人事のように言った。

「ええ。どうしましょう」

頷くバーセイバー。こちらは真剣に案じている様子。新兵補充は人事部の仕事なのだから、当然といえば当然か。

新兵をどうするか、考えるまでもない。翼は苦笑した。

「丁重にお断りするのが妥当かな」

「我が国の歴史で最大規模の軍を指揮した総指揮官になれますよ」

微笑んでバーセイバーはそう言った。

「制度の建前上、総指揮官は首相だよ。僕はその小間使いさ。それに、そんなものに興味はない」

翼ははったりというものと生まれてこの方ずっと無縁だった。ニートになってからはさらにその傾向が激しくなった。世の中、はったりをかませても空《むな》しくなるときはある。自分が無職である今がそれだった。

バーセイバーは苦笑し、諭すように口を開く。

「大臣はそうかも知れませんが、実戦部隊の一部は不満を漏らすかも知れません。規模は偉さと思う人もいるでしょうし、先輩として偉そうな顔をしたい者もいるでしょう。断るつもりならば、何か適切な理由が必要です」

「規模が大きくなるほど統一指揮は大変になる。規模は強さとイコールじゃない。それじや駄目かな」

翼は目の端で閣僚会議を見ながら言った。並ぶ閣僚たちはマスコミの反応にはしゃいでいるだけにしか見えない。

「今回は規模が大切だと、大臣はおっしゃっていました。皆の多くが、よく覚えている言葉だと思いますが」

「次もそうだとは言ってないよ」

翼はそう言って口の先をとがらせた。笑うバーセイバー。

「私は理解しております。大臣が状況に応じて戦術を変えることを知っていますから」

バーセイバーさんと出会った頃を思いだし、翼は少し微笑んだ。バーセイバーも微笑んでいる。昔、一〇〇名ほどの規模で戦っていた頃と今では、随分戦い方が変わっている。いたちごっこだよと、かつて翼はバーセイバーに説明したことがある。タグを削除する方法を考える。実行する。穴に気づいた企業は塞ぐ。すべてはこれの繰り返し。同じ方法で二回も勝てるわけではない。

翼はその時の説明と同じことを語った。

「組織は道具だよ。目的を達成するためにちょうどいい道具でなければ、余計な苦労を背負い込むことになるだろう。内定通知が二社からきても困るだろう？」

バーセイバーはうなずきながら笑みを浮かべた。

「あら、受かったのですか。おめでとうございます?」

「いや、仮定の話なんだけどね」

バーセイバーは笑った。何故か楽しそう。

「それは残念でした。就職の話、楽しみにしてましたのに」

「期待させて悪いが、このご時世だ。大変だと思うよ」

現実の厳しさを翼は説いた。目尻に皺を浮かべ、笑うバーセイバー。

「まあ大臣の就職はさておき、婆は納得するにしても、多くの人は内定通知が多くても困るとは言わないと思います」

「面倒だな」

端的に翼は言った。バーセイバーは茶でも飲むようにすましている。

「説明責任というものです。いずれにせよ、明日までになんらかのアナウンスを出す必要があると思います。さもなければ対応が遅いだ何だのと、志願者たちは文句をつけるでしょう」

「架空軍の仕事はもう九割終わりさ。残りは今の人員でも出来る。見回りと新たに発生した悪性タグの除去。それをしながら社会的問題にして現実の、本物の政府が動くのを待つ。それだけでいいんだ。今から規模が増えても与える仕事はない」

それ以外にやることといえば、戦勝万歳架空軍解散パーティの企画くらいさと翼は言った。

　バーセイバーは浮かぬ顔をしている。翼はバーセイバーの表情から何も読みとれなかったことを示す間抜けな表情を浮かべつつ、続きを目で促《うなが》した。バーセイバーは小さく咳をする。

「大臣は、とても賢いのですが、賢すぎて時折不安になります」

「それを聞いて僕も不安になりそうだよ。賢いとも思ってないけど」

「大臣は超然としすぎていて、卑小な人間のことを時々過大評価していると申し上げているのです」

　誉められているのかけなされているのか分からないなと思いつつ、翼は考える。考えはするが分からない。卑小な人間というのがもう分からない。人間はみんな卑小なんじゃなかろうか。

「分かってない顔をしておられます」

「分かろうとしている努力はしている」

「まあ、分からなくてよいと思います。大臣はその方が似合っていますから。ともあれ、あとは架空軍の解散だけとおっしゃいますが、そううまくいくでしょうか」

　バーセイバーは考えながら言った。考えながら頭をかく翼。似合っていると言われる響きに好意的なニュアンスは感じ取れるが、やっぱりよく分からない。

まあ、分かるところを答えるべきか。

「いくさ。軍事のターンは終わり。ここからは政治のターンだ。日本全土での空陸一体作戦により敵性タグはあらかた叩いた。自分の家や個人に悪口や落書きがあるのを喜ぶ人は少ない。内心そんなものかと思い、あきらめつつ、あるいは無視しつつあった多くの人々はこれを快挙と喜ぶだろう。あとはその快挙と喜ぶ人々の存在を見せつければいい。それだけで敵性タグなど見なければいいんだという現実の政府や企業の主張は、色あせる」

翼は静かにそう言った後、言葉を続ける。独り言のように。

「削除は誰にでも出来ます。我々は個人情報を保護します。と言いながら実際は削除の手続きに時間と手間がかかり、手段も分かりにくい現状は打破出来るさ。サイレントマジョリティ、黙っているだけで本当は困っている大多数の人間は、この事件でサイレントではないマジョリティになる可能性が高い。その後押しのための政治活動を行う。誰でも出来るとも言わないし、バカでも出来るとは言わないけれど、うちの首相なら出来るよ。彼は顔だけの人じゃない。十分以上に賢い」

翼はそう言った。バーセイバーは翼の傍らに座ったまま、自分の指先を見ている。

「人は希望を持つと愚かになるものです」

バーセイバーはそう言った。翼は頭をかいた。やけにつっかかるなと思いつつ怒らないあたりが、翼の思う自分の良いところだった。あるいは僕が、単に老人に弱いだけかも知れないが。

「僕は希望を持っているように見えちゃいますか」

「いいえ。ニートに希望はないと常々言っておられるではないですか。でも、首相はどうか分かりません。あの人は就職していると常々言い張ってますし」

バーセイバーは、静かに言った。

＊

よく分からぬまま、大輔は多めにパンを買ってきた。場合によっては子供たちの昼飯にもなると思った。むしろ、そのつもりで買ってきた。

お食べと言って、子供たちが動かぬのに困り、大輔は一緒に食べようと言った。子供たちは大輔の顔をしっかり見たあとお祈りをし、食べはじめる。大輔は子供たちの祈りを見て、自分には見えないが、神はおられるのだなと少し思った。強化現実眼鏡がなくてもこの子たちには見えないものが見えるのだろう。

なぜか、落書きだらけのポンペイの街を思い出す。

なんだか涙もろくなっている。よく分からない。訳も分からず深く静かに感動し、大輔は手の甲で涙を拭いた。

子供たちは日曜の朝にやっているアニメのプリントされたパンを、殊《こと》の外《ほか》喜んで食べていた。

アニメってすごいな。大輔はそんなことをちらりと思う。この家にテレビはないが動画なら強化現実眼鏡を通じて見ることが出来る。食事が終わったら、しまってあった古い強化現実眼鏡を取り出してこよう。

パンをよく嚙みながら、昨日の夜中泣き声に耐えかねてドアを開けて飛び込んでから、いくつもの経験を一気にやっている気分になる。

ゆっくり食べたつもりだったが、一人早く食事が終わってしまっていた。子供たちのたどたどしい食事を見届けた後、古い強化現実眼鏡を貸し与え、大学に行くことにして大輔は立ち上がる。

どこか心配そうな子供たちを見て、ポケットから鍵を取り出した。部屋の鍵を渡して子供たちにいつでもこの部屋に来ていいからねと言った。危なかったら逃げてくるんだ、帰ってきたら顔を見にくるよと、そう宣言した。

子供たちは迷った後、大輔を見上げていってらっしゃいと日本語で言う。英語はあまり得意ではないらしい。

日本に住んでいるんだから日本語が達者になるのは当然か。

自分はどうにも無知でいけない。

*

この日、担任が自分を完全に無視していることに気づきもせず、遠山翔は元気に遊ぶことばかりを考えていた。

急いで食べた昼ご飯、校庭に出て強化現実眼鏡をかけ、サッカー選手の人影を表示する。サッカーボールも表示。それで、一人サッカーをはじめる。

近年一学年三クラスを集めてもフルメンバーでサッカーをすることは難しい。だからこそ、強化現実がある。いや、翔は人間だけでサッカーをしたことがない。

リフティング。本物のボールと違ってさわった感触はないが、強化現実眼鏡の脇に備え付けられた常時動く二台の極小型カメラの画像を元に、起伏を計算し立体画像として作られたボールはあくまで自然に、翔のキックにあわせて跳ねて飛んだ。

遅れて校庭に出てきた妖精の頭にボールがぶつかる。跳ねて戻ってくるボール。当然妖精には、何が起きているかは分からない。翔はボールを取りにいきつつ、妖精に声をかけた。

「妖精、サッカーするぞ。同期しろ」

「えー。拙者サッカーなんてものは」

「なんで拙者なんだよ。そんなこと言ってるから浮いてるんだよ。いいからやれって」

「いじめでござる」

妖精がしょんぼり言うので、翔は口を尖らせた。

「だから、なんでござるだって。あーもう。じゃあいいよ。一人でやるから」

「うう。せっかく昼飯でカロリーを補給したのに」

妖精は悲しみながらそう言った。真に迫った演技というよりも本当にそう思っているようだった。

翔にはその気持ちは分からない。食事はおいしいと思うのだが、サッカーも楽しいだろう。難しい顔をする。彼はまだ、人の多様性を知らない。

それでも考え、翔は誰かに聞いたことを思い出した。

「消費した方がご飯うまいってよ」

「ご飯はいつでもうまいでござる」

妖精は言う。

「ほんとに？　お前大人だな。俺ピーマンがあるとダメだなー」

そう返した翔の目の端、強化現実としてウィンドウが開かれる。サッカーのため同期許可を求める表示。なぜか二人分。

「翔。私も仲間にいれてよね」

幼なじみの高波《たかなみ》稟が、髪を束ね、強化現実眼鏡をかけながらそう言った。小学生男女の成長の差で、同じ学年ながら稟のほうが体格がいい。いい勝負になるだろう、望むところだと翔は笑った。

「いいとも」

OKを選択し、稟の強化現実と自分の強化現実を同期させる。稟の視界の中にも人影やボールが表示されているだろう。人影の選手たちがにわかに稟のほうも注視しはじめる。対戦相手として意識しはじめたのだった。

続いて妖精とも同期。代わりに二人分の人影がこっそり消えていった。

「ミニゲームだ」

翔の言葉に呼応して敵味方が分かれる。ラインが表示され、ゲームが開始された。翔は楽しげに走り、仲間の人影にパスを出す。

遠く、校舎で校長がその姿を見て笑っているのに、翔は気づいていない。

＊

田中翼は首相に呼び出された。ちょうど翼が自室で空調服を着て、プラグをコンセントに差し込んだところだった。

空調服は膨らみつつ、風を送っては外からの熱気を遮断し水分を気化させて冷やしている。部屋全体を冷やすよりは個人を冷やした方がエネルギー効率はいい。とはいえ、翼は髪を風で逆立てながら思う。これを着るたびに、うぉぉぉと叫びながらパワーアップする格闘アニメのモノマネをしたくなる。

「ちょっといいかな」

首相は翼の部屋を立って眺めながらそう言った。土足だった。

バーセイバーさんは偉いな、というか芸が細かいなと思いつつ、翼は翼で、首相の部屋の中を見ながらうなずいた。立派な調度品がしつらえてある部屋だった。

相互に許可して対話をはじめると、自分が二重になる。向こうの現実とこちらの現実それぞれに自分や相手がいる。妙な気分。いや、普通は自分側の強化現実しか見ないものだが、翼は首相の雰囲気を摑もうと、ささいな情報も欲していた。そのため向こうの自分の様子も監視している。

向こうの現実では、首相は立派なソファに腰掛けて足を組んでいる。

向こうの自分は微妙な表情を浮かべつつ、部屋の調度品をしげしげと見つめていた。

「それにしても、膨らんでいるね。空調服かい？」

「部屋に一人なんで、クーラーつけるのももったいなくて」

翼がそう答えると、架空政府の首相は苦笑した。なぜか上機嫌そう。

「その格好でインタビューに出るのはやめてくれよ」

「駄目かな」

「オタクには同士的連帯感を抱かせると思うけど、普通の人にはつらいかな。うんつらい。政治的にいいことはないかな」

首相は微笑みながらそう言った。イケメン、つまり美形だなと翼は思う。たっぷりのポマードでなでつけた髪に、眉目秀麗《びもくしゅうれい》な顔、安物とは思えないスーツ。見た目は同じくらいの年頃なのにな、と翼は思った。この差はなんだろうと思わなくもないが、悔しいとは思わなかった。まあ、他人は他人だよね。

「まあ、インタビューは政治部門に任せるよ」

翼は気安くそう言った。首相とは長いつきあいになる。友人と言ってもよかった。その友人と仲良くつきあうために翼が学んだいくつかの技術の一つがインタビューは首相に任せる、だった。得意なこと——すなわち目立つこと——をさせる間、この人物は機嫌がいい。

「任せてくれと言いたいが、今回はそうも言ってられない。マスコミは僕じゃなく、君こそにインタビューを申し込んでくる可能性がある」

面白くなさそうに首相はそう言った。あれ、いつもと勝手が違うなと思う翼。頭をかく。

「なぜだろう」

「君の方が典型的オタクでニートだからだ。低俗メディアが面白おかしく記事にするなら狙うのは君だろう」

それが気にくわないかのようにため息をつき、拳を額につけて言う首相。

「あー。なるほど。納得しました」

翼は頷いた。自分より目立たれるのを恐れている可能性も無くはないが、彼らしい細やかな気配りで、五割くらいは本気で僕の心配をしている気もする。

「頼むよ、翼くん」

顔をあげ、真面目に心配するような顔で言う首相。

「いやいや。そう言われても」

苦笑する翼。大丈夫。僕は七海のいない強化現実なんかに興味ないよ。君の立場《首相》なんか興味もない、なんなら今すぐ全部やめてやろうかと心の中で首相に語りかける。ああいや、バーセイバーさんくらいかな。なくしても惜しいのは。

心の語りかけは当然ながら全然伝わってなかった。

首相は真剣そうに言った。

「こんなことを正式な命令にはしたくない。だから呼んだんだ。個人的に話しておこうと思ってね」

それにしてもしつこく何度も繰り返すので本気で心配していたのかと思い、翼はちょっと首相に対して悪い気になった。思えば悪い奴でもない。目立ちたがりなだけだった。

「しかたない。ファーくんがそう言うなら」

「ありがとう。助かった」

「でも、インタビューは受ける気はないよ」

首相は翼の顔をまじまじと見ている。

「有名人になる気はないと？」

理解できないという首相の雰囲気に、翼はやっぱりそっちが本題かなと思いつつ、笑って本音を漏らした。

「ニートであることをこれ以上みんなに知らしめて、どうするんだよ。考えてみてくれ、ファーくん。僕の母がアザラシよろしく居間でゴロゴロしていると、無職の息子がTVにうつるんだ。彼女は立ち上がってそこに見える扉を叩く。こんな暇あったら仕事探しなさい。そう言うだろうね。あとはご想像の通りさ」

「……まあ、そうかな。そうかも知れない」

首相はひきつった笑いと苦笑と安堵が混ざった顔をしている。翼は強化現実眼鏡内の内側に向いたカメラはいい仕事しているなあと思った。彼がつけているのは最新型かも知れないが。

ま、ここは攻勢だと翼は思う。首相の中の疑心暗鬼が育っても困る。首相の中の疑心暗鬼もまた、この空をまもるために倒すべき敵の一つだ。翼は仮想タグを握りつぶすように、笑って口を開いた。

「そうなんだよ。だからインタビューは逃げるつもり。カバー頼んだ」

「分かった。約束しよう。それともう一つだ」

「なんだい？」

「新兵の志願者を断ると聞いた」

「耳が早いね。バーセイバーさんから聞いたのかい」

「いや、別ルートだ。あの老婆とは話が合わない。それはともかく、新兵の志願者の件、考え直してくれないか」

「なんで？」

翼はびっくりした。これまで翼が政治は首相に任せたの一点ばりだったように、首相は軍事に関して口を決して挟まないのが通例だった。だからこそ僕たちは仲良くやってきたと思っていた。それが唐突に破られて、ひどく驚いている。

首相はため息。

「翼くんには分からないかもしれないが、政治的に望ましくはない」

「軍事的にはいらないよ。あんなの。烏合《うごう》の衆だ」

「その見解に異論を挟んでいるわけじゃないんだ。政治的に不都合なだけと言っているだけで。なんとかしてくれないだろうか。一〇〇万人の参加者というのは、政治的インパクトとして無視出来ない」

腕を組みつつ、バーセイバーさんすみませんと翼は思った。おっしゃるとおりでした。人は希望を持つと愚かになります。ため息をついて口を開く。

「どうかな。一〇〇万人といっても大した人数じゃない。全員集まって投票したとしても、小選挙区で国会議員二、三人選出できるかどうか、それくらいじゃないか」

「国会なんかに代表は送らない」

首相はそう言った。まあ、そうだろうねと翼は思う。首相を僭称《せんしょう》する人物が現実の議会ではペーペーの新人、というのは、この友人ぽい人物の場合耐えられないだろう。それぐらいなら要らないと言うに違いない。

とはいえ、現実は現実、一〇〇万人は一〇〇万人でしかない。首相はなにを狙って考えているんだろう。翼はそう思いながら口を開いた。

「リアルの政治と関わらないなら、最初からそんな人数いらないんじゃないかな。政治的アピールは今回の作戦の実績を元にするだけで十分だと事前に話しあってきたわけだし。それに一〇〇万とは聞こえがいいけどね。有象無象だよ。素行がよろしくない人間だっているだろう。彼らのしでかすであろう不祥事と天秤にかけて考えてくれ。ファーくんなら分かるはずだ」

翼は首相の得意技である、君なら分かるだろうを使った。

首相はひどく追いつめられた顔で翼を見た。

「僕に命令をさせないでくれ。翼くん。僕は君を友人だと思っている」

「友人だと思うなら、答えてくれ、不祥事を誰かが起こしたらどうするんだ。そのときの政治的影響まで考慮した上で言っているのかい？」

「不祥事については、そこはどうにかするのが君の仕事だろう」

ひどい丸投げもあったもんだと翼が目を見開いたままのうちに、架空政府の首相はこう言い切った。

「君を信用している。君の実力を見せて欲しい」

＊

大輔は、現代教育学の講義を講聴するために足早に歩いていた。

全くの専門外ながら、頼み込んで講義に潜り込むことに成功したのだった。卒業にも関係ないし、全然的外れの気もするが、彼は子供とのつきあい方を本気で学ぼうと思っていたし、そのために出来ることは全部やりたいと願ってもいた。

遠慮がちに席の端に座り、とはいえ前列の方で、聴講する大輔。人の姿はやけに少なく、自分が目立っている気がしてならない。女先輩の姿が見える。やっぱり綺麗だなと大輔は思った。尻が見えないのが残念だが。

我に返る。本題が始まった。講義では強化現実を教育に使うことについて説明がされている。あわててノートをとりはじめる。

ノートをとりながら、子供たちに与えた強化現実眼鏡に教育プログラムをインストールすればいいのかと大輔は思った。そういえば自分も幼い頃は遊びに教育に強化現実眼鏡を使い、また自分の強化現実眼鏡を欲しがったものだ。あれから一〇年くらいしかたっていないのに、なんで自分はそういうことまで忘れていたのだろうかと考えた。

講義は続いている。話は強化現実眼鏡の教育や発達に及ぼす障害に移っていた。そうか、いいことばかりではないのかと大輔はまたも間抜けなことを考えた。

強化現実で動画を流すから眼鏡をかけろと指示され、言われるままにポケットからスマートフォンを出す大輔。かざしてみる分には強化現実眼鏡とスマートフォンに大きな差はない。大輔はスマートフォン派閥だった。

なぜスマートフォン派閥になったかといえば、ファッション上の問題として、強化現実眼鏡だと、ちょっとオタクっぽい気がしたからだった。手が空いた方が便利だし、視野も広いので便利なのは分かるのだが、そこまでどっぷり使うまでもないということで、ポケットに入る方を選んでいる。

動画では異常行動をする子供の映像が流れている。

何もない空間で喜んでいる子供。虚空をさわろうとしている子供。

これだけなら、おかしくも何ともない。子供の顔に、強化現実眼鏡がかかっているからだ。

強化眼鏡が取り外される。その瞬間から子供が泣き出す。止まらない。強化現実眼鏡が再びかけられるまで、子供は泣くのをやめなかった。

「これがもっとも初期的な依存症です」

動画の続きが流される。子供が見ていた風景の確認。子供は強化現実で作られた立体映像のクマのキャラクターと友達だった。

大輔は昨日子供たちに強化現実眼鏡を渡したままにしていたことを思い出して慄然とした。いきなり大変なことになっている気がする。

そうか、そうだよなあと思う大輔。起きていることに珍しいことは何もない。想像も予想も出来る話だった。しかし実際に……動画とはいえ……見るとショックは相当大きい。

大輔にとって目の前に映る光景は昨日までと違い、もう他人事ではなかった。頭の中で動画はフィリピン人の母が産み、自分が保護した子供たち、半分日本人かもしれない二人の子供に置き換わっている。

食い入るようにスマートフォンをかざして見る大輔。動画は次の映像へと移り変わっている。

次の異常行動は、独り言だった。強化現実眼鏡をかけてもかけていなくても、ボイスコマンドのつもりか、独り言を常時続けている子供。顔をしかめる間もなく、次の子供が出てくる。表情が変わらず、じっとしている子供たち。ヒキコモリ・チルドレン。手足が拘束されてもなんの反応もないのに、強化現実眼鏡を外すと泣き叫ぶ。

最初の症例と併発するケースが極端に多いと紹介され、大輔は息を飲んだ。こうした子供は幼い頃から親が忙しい、面倒くさいなどの理由で子供に強化現実眼鏡を与え、使わせっぱなしになっているために起きるのだという。

「一言で言えば発達障害で依存症です」

教授は言う。脳が育ちきっていないのに強化現実を与えられ続けた弊害だと。この子たちにとって強化現実こそが現実であり、現実は非現実なのだと、教授は言った。区別する心や現実の教育とのバランスを考える必要があると、話をしめくくった。

腕を組み、とんでもなく勉強になったと思う大輔。昨日から自分の人生ががらりと変わった気になっている。何もかも新鮮で、何もかもが大切な情報だ。

こんな感じを最後に受けたのはいつだったっけ。そう思いながら大輔は時間が少し空いたのでと、教授が見せた動画を見た。

映っていたのは極度に物に触れるのを怖がる、あるいは嫌がる子供たちだった。強化現実には触感がなく、だから強化現実の度合いの高い生活を続けた子は、触れるのも触れられるのも嫌がるのだという。

「なお少子化はこの前から始まっていたんで、短絡的に結びつけて考えないようにね」

教授は最後、そう言った。大輔は恥入った。まさにそう考えそうだったのだ。自分に恋人がいないというか、別に欲しくもない気持ちも、それが理由かと思うところだった。

＊

工藤真澄は、生徒が立ち入ることが出来ない屋上で、休憩を取っていた。職員室にいると子供が来てそれだけでいらいらするという理由で来たが、正解だったようだ。強化現実眼鏡を外し、目元を指でマッサージする。おやじくさいとは思うが、気持ちがいい。気持ちがいいので、他のことはどうでもよくなる。

授業で遠山翔のような子供と話すのは苦痛だが、今こうして屋上で休憩をしている間は、遠山翔だろうとなんだろうと、あんなものどうでもいい存在のような気がしてくる。我慢して一年のつきあい。それだけ。

自分は疲れているのかもしれない。この仕事につくまでは、ここまで子供嫌いではなかった。むしろ子供が好きだと思ったからこそ、望んで選んだ進路のはずだった。なんでこうなったんだろう。

なんの気もなしに校庭で遊ぶ子供たちを見る。この距離ならまだイライラしたりはしない。ほとんど全ての子供が強化現実眼鏡をかけ、遊んでいる。何を遊んでいるかは分からない。今は強化現実眼鏡を外し、また同調もしていない真澄にとって、子供たちは踊っているようにしか見えない。

いや……。

真澄は身の震えを腕で掴んで止める。震えを手で止めることは出来ても、思考までは止めることが出来ない。真澄は一気に思う。子供たちは狂っているように思える。そんな風に自然に考えて受け入れる自分が、怖かった。

真澄はあわてて強化現実眼鏡をかけ直して空を見て考える。外国語の政治宣伝が消えた空は現実とあまり変わらないように見えた。

考えすぎだ。この空に映っている電子的なデータを見て感動して泣いたり、笑ったりしている子供たちはTVを見ているのと変わらない。見え方が違うというだけだ。それをおかしいと思うのは自分の——工藤真澄の——感性が間違っているのだろう。

強化現実眼鏡や強化現実を可能にするスマートフォンの世帯普及率はとうの昔に一〇〇%を超えている。一家に一台以上。どうかすれば一人が複数台持っていてもおかしくない。それに異議を挟むことは罪のような気もするし、それだけで変であるという気になる。

本当に……？　本当に……？　それが普通なの。大丈夫なの？

真澄は自分に問いかける。答えはない。真澄は自分の強化現実眼鏡を再び外してこの空を見直した。おそらくは何千年も変化がないであろう、ただの青空。分からない。

自分が教育大学院にいた頃は、強化現実と一部の発達障害について関係が疑われだしていた頃だった。今現在はどうだろう。勉強してもいいかも知れないと、真澄は思う。教諭という仕事に慣れぬ故か、朝七時から夜一〇時まで勤務という状況で、そのあたりを勉強する暇があるかどうかは自信がなかったが、この不安感を打ち消すためにもっとマメに教師の勉強会に出てもいいかもしれない。

空を見る。息を吐く。ぼんやりと昔を考える。あるのが当たり前すぎてなかった頃をなかなか思い出せないが、自分が生まれた頃には、まだ強化現実眼鏡はなかったはずだ。あれはそう、いつのことだったか。

……強化現実技術によって世界が二重化したのは、眼下で踊っているように見える、あの子たちが生まれる直前だったように思う。私が中学生の頃だった。

過去と比較してより知的という意味でスマートフォンと呼ばれた携帯電話のカメラに、人工衛星を使ったGPSこと全地球測位システムを組み合わせ、現実と重なるように電子情報を表示する。言ってしまえばそれだけのことが、世界を二重化するきっかけになった。

最初は看板だった。お店の前に行ってスマートフォンをかざせば、店の口コミや店自身のHPが表示される。それだけだった。そのうち城跡の公園に天守閣が表示されるようになり、前衛的なアートが街を覆って観光資源となった。

そして、大流行した。気づけば誰もが強化現実を使っている。真澄だってそうだった。道案内にも視力補正にも使うし、強化現実のボイスチャットは燃料の高騰と併せてインドア派を激増させ自動車産業に大きなダメージを与えていたともいう。

一〇年ほど前からは法律が改正され、自動車産業でもフロントガラスを強化現実表示可能とし、夜間運転での視認性向上の他、カーナビに店舗情報に休憩中の暇つぶしにと、強化現実を組み込んで共生するようになった。

そうして人間は、強化現実を受け入れた。普通に生活するあらゆる場所において、強化現実を利用するようになった。

うっすらと覚えているままに言えば、その頃はまだ強化現実はソフトやサービスにより多重化していたが、それらは利用者の数によりどんどん統合され、最後には事実上一つ、Google社の提供する強化現実だけになってしまっている。人類には、世界はまだ二個で十分のようだった。それは今も、変わってない。

真澄はため息。欄干に腕をのせ、さらに顎をのせた。

現実しかなかった頃を覚えている自分と、現実だけではなかった今の子供では、考え方が根本から違うのかも知れない。自分は異星人に勉強を教えているようなものなのかも知れない。

*

首相との不毛な会話が終わって三〇分。

翼はまだ気分を切り替えられていなかった。

腹の立つこと、この上ない。珍しいなと自分で驚く。親しい人物以外に腹を立てるほどエネルギーにあふれた僕でもないんだが。

僕は首相に友情めいた感情を持っているのだろうかと考え、まあ、友情ぽいものはあるなと考える。あくまで〝ぽい〟だ。だからこそ、自分が怒っていることに驚いている。

心の中の耳を澄ます。心の中の獣は人間の争いなどになんの興味もないように、ゆっくり尻尾を振っている。ため息をつく翼。まあ、愛国心とは関係ないようなので、単なる好き嫌いなんだろうなあ。

少々早いが架空防衛大臣を辞めてしまおうか。一転心の中の愛国心という獣が不機嫌そうに唸るのを感じ、翼は微妙な気分になった。

もう一つの僕とも言える獣の気持ちは分かるのだが、理不尽だろう。そもそも架空政府は給料貰ってないボランティアの集まりなんだから、物にも言いようがあるはずだ。ううむ、やはり僕はすねているな。

まあ、今日は寝るかと翼は考える。いやなことがあると寝る。これに限る。明日になればうんざりしながらも対処は考えられるだろう。

翼は久しぶりにベッドで寝ようと考える。人間堕落するもので、二歩の距離にあるベッドに行くのすら最近は怠っていた。

首相からまたコール。無視しようかと考えて、結局とることにする。友人ぽい首相が考え直してくれることを、わずかに期待していた。強化現実眼鏡をかけて、ため息。回線が繋がった。

向こうの強化現実空間は揺れている。酔いそうになる前に、自動で補正がかかり画面が安定した。首相は歩いているようだ。

「見えるかい」

声だけの首相が言った。声は少々うわずっている。

「僕の近所だよ」

「そうなのか。それは知らなかったな」

「まあ、初めて言ったからね。しかし……」

ひどい混雑だなと翼は思う。統制もとれているようには見えない。

「デモは終わっている頃だと思うけど」

「そうさ、終わっている。だが見てくれ、この人々を」

首相は興奮して高い声で言った。

「僕たちの思いがこの奇跡を生んだんだ」

「奇跡なんてものを信じないから僕たちは立ち上がった。違うかい」

翼は言った。路上のゴミが目に付いた。近隣住民としては、それだけで十分なマイナスだが、統制がとれていないことはさらに気になった。日本のデモはお行儀がいいことで知られ、デモが暴動に切り替わったことはこの七〇年ないはずだが、今度もそうだとは限らない。

「だから、立ち上がった我々の活躍で奇跡が起きたんだよ」

首相は熱っぽい声で言った。

「ゴミを散らかしているのを君が感動的に言えばそうなるのかもしれないけどね。落書きを消すのを目標にしている僕たちがゴミをまき散らしてどうするんだ」

翼は静かに言った。心中の獣が唸っているが、それが何を怒っているのかは翼には分からなかった。

「なぜ分かってくれないんだ。今までずっと一緒にやってきたのに」

首相は声を震わせてそう言った。

「僕もそう思う。そして現実のこの有様を見て思った。やはり架空軍への一〇〇万人受け入れは認められない。ろくでもない結果になりそうだ」

「命令することになるぞ」

「どうせ辞めるつもりだ。好きにしたらいい」

翼はそう言って会話を打ち切った。

強化現実眼鏡を丁寧に外し、一応部下に指示しておいたことの再確認を徹底させようと副官を通さずに直接連絡を取る。空軍のボロさん中将はすぐに返事を返してきたが、陸軍大将の新田《あらた》良太《りょうた》が返事を返してこないのは気になった。

＊

大輔は講義を受けてから落ち着かなかった。子供たちに古い強化現実眼鏡を与えたままにしていたのである。一日二日で講義で見たようなことにはならないと思うのだが、睾丸は縮みあがり、変な息を吐いている。

他人の子供でこうなのだから、自分が父親になったらどうなるんだろうと大輔は思った。少々楽しみではあるが、まあ相手もいない。卒業して東京じゃろくな相手もいないだろうからと田舎に戻って就職してすぐ探すにしても、時間はまだある。待ち遠しい。漠然とした将来設計が具体的に実現したいものに変わった点は、偉大な進歩のような気もする。

大輔は我に返って顔を上げる。同じ講義を受けていた女先輩が自分を追い抜いていた。

こちらも険しい顔で変な息を吐いている。ショックだったんだろうかと大輔は思った後、なんとはなしにジーンズ越しにも分かる尻の曲線に惹かれて大輔は歩いた。まあ、これを見て落ち着こう。このあとの講義をキャンセルするかどうかは、そこから考える。

本当に尻を見て落ち着いたのは自分でも衝撃だったが、大輔は周囲を見るだけの余裕を取り戻した。やはり今日は人が少ない。何が起きたんだろうか。

頭からぶつかる。発作的に額に手をあてて顔をあげる。拳だった。女先輩の。

「なんてことするんですか」

大輔は発作的に言った。

「私の拳じゃなくて背中にぶつかってきたかった？」

いや尻だと思ったが、本心は上手に隠し、大輔は痛そうに額をさすった。

「声をかけてくれればいいじゃないですか」

「前にいて腕伸ばしてる奴に気づかないなんてある？」

そう言われると弱いところ。すみませんと素直にあやまり、大輔は先輩をそっと見る。

やはりどこか様子がおかしい。パンチのポーズで人を待ち構えるような人ではない。

しかし。一日に五回六回会う仲とはいえ、付き合ってるわけでなし、幼なじみでもなし、どんな関係かと言えば何でもないというこの状況。先輩にどう声をかけたものかと大輔は考える。

「ええと」

「つけてきてたでしょ。言いたいことがあるなら言いなさい」

話をどう持っていくか考える必要がなくなって大輔は喜んだ。さっそく助け船に飛び乗った。

「あ、はい。実はその、先輩の様子がおかしい感じがして、それで声をかけようと」

「の割りには周囲見てたけど」

「そうなんですよ」

「私を襲おうっていっても相当難しいわよ」

「あ、いえ。そういう童貞のなくしかたもどうかなあと思いますんで」

この時代の平均的な若者らしいことを大輔は言った後、再度周囲を見た。言葉を続ける。

「それはそれとして周囲、人少なくないですか」

「デモに参加してるんじゃないの。架空政府の」

「昨日の夜やってましたね。そういえば」

「昨日は提灯行列。デモじゃない」

デモと提灯行列の違いが大輔にはよく分からない。よく分からないがまあうなずいた。日本語に限ってはよく分からないでうなずいても悪いことにはならない。英語だと危険だ。中国語だと自殺行為だ。

「昼間から暇ですね」

「それだけ怒りが溜まっていたのよ」

先輩は横を見ながらそう言った。先輩も頭に来てるのかなと、大輔は思う。まあ、デモに行くほどではないにせよ。

「悪性タグですか。あんなの見なきゃいいのに」

「それ、彼女にはりついているの見たときに言った方がいいわよ」

先輩は腹を立てている。そのまま綺麗に踵《きびす》を返して歩き出した。

大輔はあわてて追いかける。心配するつもりがこれではいけない。

「あ、いや、すみませんでした。確かに個人はいかんですよね」

「家なら良いって？」

「そりゃ……駄目だと思います」

「自分の店は？」

「それも駄目でしょう」

「道を歩いていて道に自分の個人情報が書いてあったり通る時間が書いてあったら？」

「そりゃ犯罪ですよ」

「そう」

先輩は速度を落とさずそう言った。

「それ、現在進行形でこの国で起きていることよ。それで怒っている人がいること、覚えておきなさい」

大輔は顔を赤くする。見なければいいと言うのは、女性にはきついかもしれない。いや、素直に駄目だ。バイト雇えばいいというのも、どこかおかしい。

大輔は顔をあげる。やっぱり自分は何にも分かってない。クールに見える先輩にそんな激情が秘められていたことにも気づかなかった。

「待ってください。待ってくださいよ。先輩。あの」

先輩は冷たい目でにらんでいる。大輔は頭を下げた。

「すみませんでした」

「別に。急いでるから。ごめん」

先輩はそう言った。顔をあげる。ヘルメットを持ち、帰る構え。

*

「ええと、今日の授業はこれで終わりです。家に帰る準備をはじめてください」

クラスの皆は歓声をあげたが、遠山翔は驚いただけで、別に騒いだりはしなかった。ただただ意外だった。

「喜んでないね」

後ろの席の稟が不思議そうに言う。翔は後ろを振り返りながら、おかしくない？　と稟に尋ねた。

「おかしいかな」

「外だよ。大雨も雪も降ってない。風邪も流行してないだろ」

「そうね。そういうのなら、先生も言うだろうし」

凜は腕を組む。翔も腕を組んだ。しばらく遅れて妖精が腕を組んだ。

結局、午後の授業は一時間で終わった。帰るときは集団で方向別に帰ることになった。

理由は別途校長からメールが保護者にいくことになっている。その旨家族に伝えるようにという連絡があった。家に帰ったら、出歩かないようにとも。

「んー。何があったんだろう」

腕を組んだまま翔はそう言った。探偵ごっこには絶好のチャンスの気もするが、自分は今や架空軍の一員でもある。どうしたものかと考え、凜に袖を引っ張られた。

「翔、校長先生がまた呼んでる」

「あれ。はい」

凜にありがとうと手を振り、翔は背筋を伸ばして窓の外で笑っている校長先生の元へ駆けだした。

「こんにちは。どうしたんですか」

「お、偉い。こんにちはも出来ているね」

校長は翔の様子をうかがう妖精と凜を見て微笑み、二人も一緒においでと手招きした。

「実は大規模なデモがあってね」

「中国の攻撃ですか」

「いや。そういうわけではない。架空政府がおこなったものだよ」

「じゃあ味方ですね」

校長は笑った。翔に微笑み、ところがそういうわけでもないのさと言った。

「架空政府なのに味方じゃないんですか」

「デモに集まってる人は架空政府にあまり関係ない人も多いからね。架空政府はがんばっているけど、どうなるか分からない」

「俺、戦えます」

翔がそう言うと、校長先生の笑顔は深くなった。

「うん。それは頼もしい。その意気で二人を家につれて帰り、自分も家に帰ってお母さんを守るんだ。まずはそこからだ」

「はい」

「校長先生も情報を集める。分かったら教えるよ」

校長先生は優しくそう言って、じゃあお帰り、大通りはさけて、早く、と言った。

翔はうってかわって急いで帰るぞと言い出した。顔を見合わせる妖精と稟。

「翔が人の言うことをきくなんて」

率直すぎる感想を稟が述べた。

「なんだよそれ」

頬を膨らませる翔。

「しかし、なぜ拙者たちに？」

妖精がそう言うと、稟は少し考えて、横を向いた。

「翔と校長先生は仲がいいからでしょ」

翔は校長先生も仲間なんだと言いたかったが、男の約束なので黙った。代わりに別のことを言った。

「校長先生は優しいんだ。俺たちを心配してる。ただそれだけ。帰るぞ」

「確かに」

妖精がなぜかうなずいた。なんでそう思うのよと稟に言われ、妖精はゲームではわざわざ追いかけてきて情報を教えてくれる人は皆味方でござると答えた。

＊

翼はバーセイバーからのコールで、沈思黙考から解き放たれた。

「大臣、大丈夫ですか」

「今大丈夫になりました」

翼は険しい顔を和らげ、部屋に招待する。

首相との会話からこっち気分が鬱屈し、今日は七海と家族とバーセイバーさん以外とは話す気がなくなっていたところだった。

「どうも空軍に連絡をしておられたようなので」

「ええ。誰からそれを」

「あら、人事部は仕事上、軍のあちこちと繋がってましてよ」

「そりゃそうですね」

何か異変を察知してやってきてくれたのか。翼はありがたい気分になった。この気配りに手でも合わせようかという気になる。

手を合わせる対象のバーセイバーはというと田中翼の部屋に上がり込み、湯飲みを持ち、お茶をすすっている。膝の上では靴ならぬ雉虎《きじとら》の猫が丸まっており、ゆっくり尻尾をゆらしていた。

ブーツのような靴に雉虎の毛が生えて密生し、形がゆっくり変わる。いつのまにかブーツならぬ猫の首筋を、バーセイバーは摑んでいるという寸法だ。

実際は強化現実の視覚を構成するプログラム上で靴から猫にモーフィング処理をかけて演出しているだけなのだが、バーセイバーがそれを使うと翼には魔法に見えたし、それが似合うようにも見えていた。

魔法の時代に生きているなあと、翼は思って笑った。

バーセイバーは優しく口を開く。

「一部のマスコミが、我々の旗印である〝八紘一宇《はっこういちう》〟は軍国主義を想起させるとして批判的な論調を展開しています」

笑いをひっこめ翼は肩をすくめた。どうせ辞めるから何もしないよと言いかけたが、そういう物言いはこの老婆に説教されるだけに思えた。だから、背筋をのばしてきちんと答える。

「何もしないよ」

「対策はなさりませんか」

「政治部門がどう動くかはさておき、架空軍としてはそうだね。何もしない。その必要を感じない。悪い連想をしようと思えばどの言葉を使っても無限に出来るものだよ。問題は言葉ではない。相手の先入観の問題だ。自分でやった悪い連想を人のせいにして攻撃しているだけさ。そういう人は、どんなものも材料にして攻撃をはじめる」

「そう聞くと、ひどい人たちですね」

「人間大抵がそんなものなんだけどね」

「大臣はもっと楽観主義者だと思っていました」

「楽観主義者だよ」

翼はそう言った後、解説の必要を感じて苦笑した。意味もなく右の手の平を見ながら口を開く。

「楽観主義者だけど、現実との折り合いのつけ方はいつも考えているつもりさ。結局どんな人間だってそうだろう。最終的には誰もが現実との折り合いをつけることになる。現実を無視し続けることは誰にも出来ない」

「八紘一宇を叩く人々もそうなると?」

「我々が現実を動かせばね。それに沿った折り合いをつけることになるだろう。口先の問題には口先で対応しても意味はないのさ。口先の問題には現実で対処する方がいいと思うね」

翼がそう言うと、顔を見ていたバーセイバーは少し微笑んでため息をついた。

「なるほど、よく分かりました。では、次の話題です。現実の問題に折り合いをつけねばなりません。具体的には首相のわがまま、架空軍の一〇〇万人採用の件です。首相は本気でこの件に関して命令権を発動させる気満々です」

バーセイバーはそこまで言った後、ちらりと翼を見た。翼は苦い顔。

かつて政治部門が軍事部門に目標を示す以上の指示を出したことは一度もない。専門性が高い軍事部門に、上位存在ではあっても素人である政治部門が事細かに口を出すのは足を引っ張るだけという理解があったからだ。

それが今、破られようとしている。正確にはとっくに破られ、首相とやりあって頭に来ているところまでやっている。

「困りましたね」

　バーセイバーは翼の表情を見て微笑み、茶をすすった後、優しくそう言った。

「困ってはいないが、参ったね」

　翼は苦い顔の余韻を残したまま、そう言った。バーセイバーは湯飲みを持ったまま、翼を見る。

「大臣の中で困ると参ったはイコールではないのですね」

「詳しく考えたことはないけれど。そうだね」

　翼はそう言った後、少し考えた。自分自身でもペットボトルの茶を飲んだ。

「まあ、大臣辞めて就職活動する前にこれだけはやっておくという体で、渋々一〇〇万人を受け入れたとして、とりあえず訓練期間を設定、訓練のあとで実戦に出すとした上で政治的状況の変化を待つというか、具体的には現実の政府の出方を待ちたいね」

「要するに、引き延ばしですね。一〇〇万人を仲間にはするが使いはしないと」

　バーセイバーは笑っている。我ながら誠実でないことを言っているなあと苦笑で返す翼。

「うん。問題行動を起こしそうな人、勢いだけで参加希望をした人は訓練期間中に冷静になってもらって、フェードアウトしてもらえるといいなあと思っている」

「なるほど。大臣のことがよく分かりました」

「不安になる物言いだね」

「誉めたつもりです。さすが大臣と思ったのです」

バーセイバーはすました顔で言った。翼は苦笑。

「今回のも現実との折り合いってやつさ。口先の問題に現実で対処しただけ。まあ、首相の言うことも分からないじゃないが」

少し冷静になって、そう言う翼。

「あら、それは驚きました。てっきり、長文のグチでもどこかに書き込みされるかと」

「悪性タグを消して回っている団体の親玉が悪性タグを作るというのはなんだかね。そんな暇があれば就職活動するなあ」

「私はおじゃまでしょうか」

猫の背をなでながらバーセイバーは下を見て言う。頭を振る翼。

「嘘です。そんな暇あればバーセイバーさんとお茶飲んでますね」

バーセイバーは口に手を当てて苦笑した。猫が不思議そうにバーセイバーを見上げている。優しく猫の背をなで続けるバーセイバー。

「それは光栄ですが、就職活動も大切ですよね。それでそう、首相のおっしゃることも理解できるとはどんな意味でしょう」

「まあ、そこまで考えていたかどうかは分からないけれど、放置しておけば我々のやり方に不満がある層が新団体を作る可能性があるからね。過激なやつをさ」

「過激派ですか」

「うん。僕らも一〇万人規模でハッキングだなんだとやってるわけだから相当に過激なんだけどね。それ以上に過激な連中が出てくると社会不安を誘発するだろうし、最悪僕たちまで含めてひとまとめに社会の敵で終わってしまう。だったら受け皿になりつつコントロールする方向がいい、というのは一理ある話だよ」

「なるほど。大臣が言うと納得できます」

「首相が言っても同じことだと思うけど」

「婆は、あの首相が好きではありません。私は昔から翼P派です」

どうやら首相とバーセイバーさんは互いに嫌いあっているらしい。翼は苦笑しつつ、バーセイバーの口元の皺を見て微笑んだ。

「ありがとう。嬉しいよ」

目の端に副官の棘棗から報告が来ており、先ほど出した指示書に関して空軍中将の問い合わせと面会申し込みがあるという。翼は両方とも承諾しつつ、陸軍大将からはいまだ連絡がないなと思った。この間の戦いで空軍の出動遅れに腹を立て、それをかばう架空防衛大臣にも強い不満と反感をもっているようだった。

　翼は心の中で難しい顔をしつつ、こちら側の情報を制限、自分の人影を副官と空軍中将のそれぞれの強化現実上に表示させた。会話のたわいもない部分も自動応答させ、自分自身は自分の現実にいるバーセイバーを見た。静かに言葉を続ける。

「まあでも結局、僕たちが社会に存在出来ているのはけしからん落書きを消してるだけという無害性あっての話なのさ。それを越えると僕たちの行動を手をたたいて喜び応援していた連中もすぐに手のひらを返すだろう。つまりはこの無害性という一線が、僕たちの越えてはいけないラインなわけ」

バーセイバーはじっと翼を見ている。猫が彼女の膝の上から逃げ出して、勝手に部屋の中をうろついている。

「なんだろう」

翼が言うと、バーセイバーは目をそらして微笑んだ。

「感心しました。深い洞察です」

「いや、あの、そんなに深い洞察でもないんだけどね。どちらかと言えば常識の積み重ねなんだけども」

急に恥ずかしくなって早口になる翼。実際翼が生まれる頃には他界して、会ったことがない祖母に自慢話をしている気になる。

「それでもすばらしいと思います」

優しくバーセイバーは言った。

「恥ずかしいのでやめてください」

「恥ずかしがるようなものですか」

バーセイバーはちょっと説教した。

翼は頭をかいたあと、幼女のごとく頬を膨らませたバーセイバーを見る。

「時にバーセイバーさんにお願いがあるのですが」

「なんでしょう」

「陸軍に知り合いいませんか。信用出来そうな人を」

「それはもちろんおりますとも。根っからの翼P派を集められると思います。ファンクラブをたどればすぐにでも」

僕にファンクラブがあったのかと翼は言いかけたが黙った。この際利用できるものはなんでも使っていた方がいい気がしている。

「とりあえず大久保近辺から順次集めて僕と面談するようにお願いできませんか。今すぐ」

「分かりました。今すぐ」

第三章　大きな事件

先輩があわてて帰った後、大輔《だいすけ》も我に返って急いで家に帰りはじめていた。子供たちが心配だったのである。

やっぱり俺は先輩のこと好きなのかもしれんなと思いつつ、真に好きなのは尻かもしれないと自分の心の水底を縁から眺めてみたりした。

急ぐ、急ぐ。自転車で急ぐ。体を動かすうちに先輩よりも子供たちの方が気になりはじめた。

助けた翌日に母親の暴力で死んでいたりしたら、一生のトラウマになるな、いや昼はあの母親も酒など入っておらず、案外平穏なのかもしれない。そう思いはしたが脚は正直で、自転車を漕ぐ速度はさらに速くなった。

授業とか受けずに今日は子供の面倒をみていた方がよかったか。うん。そっちがいいな。

俺は優先順位のつけ方がなってないんだ。大輔は自分をそう分析する。昨日気づいた。自分にはいろいろなものが足りていない。

行きはいいのだが帰りはつらい、そんな微妙な上りの坂道で自転車を漕ぐ。東中野に入ったあたりで大渋滞が起きていた。

自転車を押しながら歩道を歩く。今まで見たことのない規模の人通り。すぐ近くの氷川神社のお祭りでもこんなに人があふれることはない。渋滞の理由は人の多さだった。何事だろうと首をまわしあちこちを見る。

昼間から手に提灯を持った人が多数おり、大輔は思い出した。

架空政府が起こしたデモというやつか。

昨夜の提灯行列の美しさと比べて、昼の行列は化粧のとれた中年女のような感じ。疲れてわびしい感じならそれでもまだよかったが、目の前の連中ときたら、昼のメロドラマの展開よろしくドロドロして殺気立っている。

遠く、先頭の方で声があがる。落書き反対と叫ぶ程度は先輩の出した例を考えてまあ納得できたのだが、外国人は日本を出て行けとなったあたりで、目を剝いた。それとこれを結びつけるのかよという気になる。デモ隊列の進行を見る限り中野坂上から東中野に入り大久保通りを折れて直進し……つまりは我が家の前を通って大久保へ行くらしい。

大輔は自分の部屋があるアパートには日本人なんか俺しかいないぞと思いつつ、他の住人や子供は大丈夫かと心配になった。外国人は出て行けという声が威圧的だ。子供が怖がるだろうと腹が立った。

本気か、日本から外国人追い出して、本気で日本が成り立つと思っているのかと正気を疑いながら、急いでますので、と唱えつつデモ隊列の脇を抜け、追い抜こうと考えた。追い抜いて家に帰り、子供たちが間違っても外に出たりしないようにしたい。

なんなんだよまったく。大輔は自転車を折りたたみ、カバーに入れて背負った。人混みを抜けようとする。自転車が誰かの服に引っかかって大輔は転んだ。痛いと言う前に、爪に赤いマニキュアを塗った形のいい手が差しのべられ、大輔は思わず手の主を見た。

三十路すぐか、少し歳のいった髪の長い美人だった。服装からしてブランドもので完全武装した人物。セレブだなと大輔は思った。しかも美人だ。それも南方系の美人だな。自分が東北生まれなのでそう思うのだが、同じ日本人といえども北と南では随分骨格が違う。どちらにせよ感じるのは、こんな場にいるのは違和感がある美人だということだった。

違和感があると言えばもう一個。この人物は強化現実眼鏡をかけている。デザイン的に高級でしゃれたものではあるが、まあない方が美人だよなと大輔は思った。

思っている間に、美人でセレブが声をかける。

「貴方、大丈夫?」

「あ、大丈夫です。すみませんでした」

大輔は、アスファルトについた自分の手で彼女の形のいい手を汚すことが出来ず、自ら立った。これは幼い頃の強化現実眼鏡のかけすぎによる障害じゃないよなとちらりと思う。まあ、あの手を存分に触りたいなとは内心思ってるんだから、きっと大丈夫だろう。触れえざる先輩の尻ほど神聖なものではない。

美人は微笑んで大輔に言った。

「貴方は参加者？」

「架空政府のですか。いえ。全然」

「じゃあ、この道を通る人なのね。ちょっと待って、ついてきてくださる？」

歩きながら美人は何事かをしゃべっていた。強化現実眼鏡では何か別の光景が映っていたのかも知れない。それにしても堂々と歩いていると変には見えないもんだな、と大輔は妙なところで納得した。

道が空いて案内される。この美人は架空政府の関係者のようだった。

「それにしてもすごい数ですね。昨日もやってませんでしたっけ」

「ええ。連日やることで、ちょっとでも街の落書きを減らそうってわけ」

「なるほど」

外国人は落書きと同じかとちらりと思ったが、これはまあ被害妄想というものだろう。彼女自身は外国人排斥なんて考えていないのかもしれない。大輔は随分早く列の先頭まで歩くことが出来た。原因はやつらとはいえ、この美人には感謝すべきだな。

「ありがとうございます」

頭をさげて、もう間近に見える自分の部屋があるアパートに向かう。美人の名前でも聞けばよかったかなと出来もしないことを考えはした。

見れば大久保通りに面した一階の中華屋は臨時休業しており、大輔はまあ、そりゃそうだろうなと思いつつ、裏に回って建物の中へ入った。階段をあがってすぐの踊り場で中国人のホステスやインド人夫婦やフィリピン人ホステスやらが棒や消火器を持ったりして立っており、大輔は何事かとびっくりした。

「ダイスケさんブジでよかったね」

中国人のホステスたちが心配そうに迎え入れた。

「なんかあったの？」

大輔は不安そうな皆に向かって尋ねた。

「デモ。中国みたい」

そりゃそうか。と納得する大輔。

もう一つ納得があったといえば、中国でもデモがあることだった。確かに中国ならやってそうだ。

「中国でもこんなのあるんですか」

「ソウネ。日本やっと中国並みだヶど、マネしないでいいよ。人暴れる。お店壊れる。工場も壊れる。軍隊も来るよ」

「たしかに。いいことなさそうですもんね」

中国人ホステスが言うんだから間違いなかろう。大輔は頷いた。

ひどい人口密度のデモを抜けたら家への階段までそれと同じくらいの渋滞になっている。大輔は皮肉さに笑いかけたが、他の住民が一様に不安そうなので、頭をかいた。悪いことをしているような、日本人を代表して申し訳ない気分になった。架空政府め、と大輔は思う。でもあの美人は許す。

少し上の階段にいた子供たちが下りてきて大輔に抱きついた。大輔はうっかり笑顔になる。懐《なつ》かれるっていいなあ、と思ったのだった。こいつは原始的《プリミティブ》な感覚だな。やっぱり自分には強化現実周りの問題は発生していないようだ。中学までは結構使っていたんだが。

＊

早めの下校。翔《しょう》は稟《りん》、妖精《ようせい》と一緒に帰りはじめていた。三人は幼なじみということで、このつきあいはいつまでも続くだろう。

少なくとも高校までは、つきあいは必ず続く。別れようがないほどに子供の数は減っている。それくらい教育システムは細っていた。世界中から留学生を集める大学・短大・専門学校だけが、かろうじて昔の規模を維持している状況だった。

翔が見たところ、妖精はまた太ったような気がしなくもない。運動するよう言わなきゃなあと思いつつ、本人は至ってのんきに強化現実眼鏡を通して日も傾きかけた空を見上げていた。その口が微笑む。遠山くんと声をかけた。

んーと返事をし、妖精に同期して空を見上げる翔。すぐに稟も空を見た。

架空の航空機が白い飛行機雲を残して飛んでいる。

架空軍の戦闘機だと、翔は言った。昨日、戦った疾風《はやて》と同じだろう。垂直尾翼にもなる可動尾翼に書かれた機体番号は同じものだった。もっとも詳しく解説すれば、稟の機嫌が悪くなるだろう。

説明なんかしないでも、疾風は十分美しい。

戦闘機が飛んだ後は空につけられた悪性タグが消えて自然な夕空が蘇っている。疾風が切り開いた空を見て、ちょっといい気分。

「何もない空っていいな。悪口とか、そういうのないの」

「外国語の政治主張ね。センカクは我らのものとか」

稟はそう言った後、空を微笑みながら見上げる翔を見た。

翔はこれまで空を覆っていた外国語の仮想タグにかえて、別の強化現実をはりつけていた。自分の周りに、いくつかの妖精を……人間ではなく、羽の生えた方を飛ばしている。

周囲はずっと草原で、ビルは木々や蔓草に覆われてしまっている。

「子供みたいなことをまだやってる」

「なにそれ」

翔が訊ねると、なぜか稟は顔を赤くして横を見た。翔の手を握る。

何？と、稟を見る翔。別に。翔が事故にあわないようにしてるだけよと、稟は言った。

「現実が見えなくなるくらい、強化現実で周囲を覆っちゃだめって言われたでしょ。まったく小さな子じゃないんだから」

照れながら稟は言う。彼女がどんな感情を秘めてそう言ったか、幼い翔には分からない。分からないので、分かることについてのみ答えた。

「車や人は見てるから大丈夫だって」

「初々しいですなあ」

人間の方の妖精がうなずいてそう言った。こっちは分かっているようだった。羽の生えた妖精たちは笑ってあちこちを飛んでいる。妖精の羽から綺麗な光の粉が舞っていた。

妖精と妖精に文句を言いながら、風景を改めて見て稟は考える。この現実には覚えがある。

「二人ともまったく飽きないのね。この風景ばかり」

稟はあきれてそう言った。にやりと笑う翔。

五年前。つまり翔にとっては大昔にも一緒に見たことのある光景だった。今の小学生なら飽きるほど見てきたであろうポピュラーな強化現実。ちょっと昔の強化現実眼鏡にプリインストールされていた子供向け強化現実、幼稚園時代に与えられていた風景。まるでそう、故郷のように。

「いいものはいつまでもいいんだよ」

「なにそれ、大人みたい」

「お父さんが言ってたんだから正真正銘大人の話だい」

「あんたほんっとにお父さん好きね」

凜はまだ顔を赤くしてそう言う。握った手に力を入れたり緩めたりしている。翔は手の動きに気づいたが、どう対処していいのか分からなかった。

人間の方の妖精が、傍《かたわ》らに飛ぶ羽の生えた妖精と一緒に微笑んでいる。この空間なら人間の妖精にも違和感はない。妖精はゆっくり口を開いた。

「翔のお父上は、政府の人でしたな」

「なんで時代劇風の物言いなんだよ」

「いや、これは忍者風」

翔はなにか言い返そうとしたが、握られた手に意識を奪われた。頭が混乱する。混乱したまま口を開く。

「それがどうしたんだよ」

「お父上のようになりたいんですな」

妖精はしみじみと言った。妖精的には感動的な話のようだった。

「うっせえ」

耳を真っ赤にして、翔は言う。歩き出す。手を離さないように稟も大股で歩いた。顔が赤い。

稟が変な顔で翔を見ている。

「なんだよ」

「なんでもない」

「なんでもないはないだろ。お前も妖精も、なんでもないという時は、たいていなんでもなくないんだ」

翔はそう言った。稟は嬉しそうに微笑みながら、文句を言った。

「翔だって顔赤くしてるでしょ。それにそう、今日校長先生に呼ばれて何話してたのよ」

「そんなの男と男の約束だから言えるわけないだろ」

「なにそれ、ふるっ。妖精、なんか言ってやって」

「約束は忍者の掟」

「こら」

稟に怒られて妖精は笑った。手に妖精をとめる。翔と顔を合わせて笑った。

＊

夜。バーセイバーの仲介で下は大佐から上は中将まで数十人との面談のあと、翼《つばさ》は面倒くさそうに再度来ていた副官のコールに答えることにした。たいていの用件は終わっているので、きっとプライベートだろうと考える。自分から部屋には招き入れず、相手の環境に顔を出す。副官は仮想現実のように、強化現実環境を作り出していた。具体的には現実の地が見えないほど、現実を塗り替えて乙女チックにしていた。首相もそうだが、これじゃ部屋を歩くのも大変だろうと翼は思う。

彼女はたいてい、この部屋に翼を招き入れる。

「ひーどーいですー」

強化現実眼鏡の向こう側から眼鏡のガラス面にはりついて、棘棗《とげなつめ》は言った。

何がひどいんだろうと翼は思う。いやまあ、副官を遠ざけていることなんだろうけど。

「僕は首相の難題を相手してたんだよ。あと明日の式典の話」

翼は適当なことを言った。情報がどこから漏れているか分からないが、翼は副官経由かもしれないと考えていた。あるいは副官団の誰か。

口裏あわせとして、今日面談した人々とは本題のほか明日の式典のことで多少の打ち合わせはしている。

「そっちじゃなくてぇ、今日、大久保通りのデモを見たんですけどひどい状態でぇ」

話をまったく聞いていないように、副官は言った。

「大丈夫かい」

「警官もたじたじでしたー」

「大丈夫かどうかなのは棘棗さんだよ。野次馬していたとは思えないから、きっと用事あって通りかかったんだろう。家に帰ろうとしていたのかどうかはわからないけど、無事に目的地にたどり着けたかい？」

棘棗は顔がとけるほど笑顔になった。

「はい。なんとか。嬉しいです。ずっと避けられていると思ってました」

「そんなことないよ」

そんなこと大ありだったが、翼はなんとか笑顔を絶やさず、そう言うことができた。棘棗は左右の頬に林檎をひとつずつ表示して、目をはげしくさまよわせ、最後に背筋を伸ばして翼を見つめる。

「それより大臣のピンチです」

「僕がニートという境遇のため家庭の立場をなくしそうな状況にあるのはもはや常識だと思うんだが」

「ちがいますー」

強化現実の棘棗は翼の腕を摑んだ。実際には実体がないので、そう見えるだけの話だったが。

ちょっと首を傾げる翼。棘棗は今までにないほど真面目な顔で翼を見ている。

「触られるの嫌だったりしませんか」

「僕のPCを触られるのは嫌だな」

「そんなの誰が触るんですか」

真面目な顔で翼を見ながら、腹立たしそうに棘棗は言った。

「いや、触られたら嫌なものといえばそれくらいしかないから言ってみたんだけど」

「強化現実眼鏡外したら、大臣泣き叫んだりしませんか」

「しないなあ」

翼は、何の話をしてるんだという風に棘棗に言った。棘棗は考えている。

決意したように顔をあげて翼を見る棘棗。

「突然ですが、そっちに行ってもいいですか」

「どうしたの？」

「リアルで大臣の家に伺っていいですか。今すぐ」

「ちょ」

「心配なんです。大臣のことが」

「落ち着けー!」

思わず大声で翼は叫んでいた。

「落ち着くのは大臣です!」

「まあまて、考えろ、僕にもプライベートというものがある」

「窓の外を見てください」

「ぎゃー!」

翼は思わず叫びながら現実に切り替えて窓際に寄った。震えながら電子カーテンを薄くし、外の道を見る。デモのルートからはずれていることもあり、道には誰もいない。

「驚かせるなよ。誰もいないじゃないか」

よく考えてみれば、翼はニートであるということ以外の自分の現実を他人に話したことはない。

未知の恐怖におののいていた翼は急に復活した。バーセイバーさんとかならさておき、棘棗に押しかけられたら我が家の秩序は崩壊する。翼は小刻みに震えながらそう考えた。七海《ななみ》が怒ってへそを曲げたら復旧に年単位の時間がかかる気がする。いや年単位ですめばいい方だ。

「大臣、今カーテンをあけましたよね」

「うん」

「だいたい特定しました。ちょっと待っててください」

「ちょ、おま」

一瞬警察を呼ぼうかと翼は考えた。いや、いや、棘棗さんはそんなに悪い人じゃないだろうと翼は考える。ただ単に僕が苦手なだけで。

下で玄関のドアが開く音がする。

ホラーだと翼は思った。

＊

三浦《みうら》大輔は家に帰ったあとも落ち着かなかった。

一八時半。日が暮れ、夜になってデモが終了しても集まった人々は解散せず、むしろ道路からあふれ出すほど増えていた。

押し合いへし合いしながら怒号をあげる人々、多すぎて何を言っているかは分からない。ただうるさく、そしてどこか恐ろしいだけだ。集まりが外の気温すら上げている気がした。

これは、大変なことに巻き込まれている気になってくるな。実際大変なことが起きているのかもしれない。

落ち着かないまま立ったり座ったりで三〇分。騒ぎはまだ収まらぬ。当たり前といえば当たり前か。どんな時どんな風に彼らは解散するのだろう。考えはするが結末は思いつかない。終電までには解散するかも知れない。

窓の外を見て人の密度が少し減っているので安心したが、すぐに別の用事が舞い込んできていた。部屋のドアが控えめに叩かれている。子供たちかと思えば中国人ホステスたちだった。怖い声が聞こえるから確認して欲しいと頼まれ、俺も男だからなと前世紀あたりの埃のかぶった考えを兜代わりにかぶって、おっかなびっくり階段についた窓から顔をだす。見れば一階の中華料理店のゴミ箱が並ぶ裏の通りまでが人で一杯になっており、ビルの周辺全部が人で囲まれているような格好になっていた。密度は下がったが、人はむしろ多くなっているという感触。

人が多い。囲まれていると大輔が言ったときのホステスたちの不安そうな顔は中々忘れられそうもない。

大輔は上の階に、この部屋に避難した方がいいかも知れないと言いながら、窓の外をまた見る。

ゴミ箱が蹴っ飛ばされ、中身がばらまかれる。こっちまで臭いそうな景観だった。何をするんだという怒号が飛び交ったと思ったら、すぐに怒りの矛先が中華料理店に向いた。逆ギレというほかない、意味不明の展開だった。

窓やドアを蹴ったり放置自転車が投げ込まれたりで一階で凄い音が起きている。

中国人ホステスたちが階段をあがって避難してきた。大輔はホステスにドアをあけたままの自分の部屋を指し示した後、おいおい、これはもうデモなんてものじゃないぞと思った。どうなったんだ日本人は。行儀がいいのだけが自慢じゃなかったのか。

＊

遠山《とおやま》翔は一人で家にいる。もう、外は暗い。

帰ったときから母の姿は見えず、早めの時間だったのでお母さんは買い物に行ったのかなと思ったが、それから全然姿が見えない。

父についていえば、年に会うのは数えるほどしかなかった。数えるほどだが翔は父を好いていて、だからこそ架空軍へ志願もした。翔に現実と架空の差は実はあまりない。

思うに父は架空防衛大臣である翼Pに似ているのではないだろうかと、勝手に思っている。母から……家族から文句を言われても黙って日本を守っている、そういうところは、よく似ているんじゃないかと思う。

一八時半。母は帰ってこない。家には一人きり。翔はそれだけで、もう十分心細かった。強気に幼なじみたちを引っ張る二一世紀のガキ大将ともいうべき翔は、その実、家では母にべったりの甘えん坊であった。甘えん坊だったからこそ、外では強気にもなれた。

一人の家はひどく怖い。ううん、怖くない。翔はそう思う。怖くないと思いながらうなだれる。強化現実眼鏡をかけ、家の中を妖精で一杯にする。家の中に草原を映した。青空も。それでようやく、ちょっと怖くなくなる。一息ついて、妖精たちに慰められた。広げた右手の指の端に透き通った羽を持った妖精が留まる。微笑んでいる。翔もちょっと微笑んだ。

この強化現実は、知らないうちにまたバージョンアップしたらしい。昨日寝ている間に自動アップデートしたのかな。

それにしてもと、妖精たちが環になって踊るさまを見てつくづく思う。こういうものを作る人はすごい。翔は心から尊敬している。ヒーローだ。

コール。人間の方の妖精から。翔はモードをそのままに、通話開始。妖精も同じく周囲に妖精をはべらせていた。妖精も心細いのかなと翔はちらりと思った。

「そっちは大丈夫でござるか」

「ん？　何が？　そっち飯終わった？」

「カロリーは厳しく」

翔は笑いそうになるが、目の前の妖精は険しい顔をしていて、それで笑いを引っ込めた。

「どうしたんだよ」

「……どうしたのと」

妖精は目を白黒させたあと、電子の妖精たちを追い払って虚空に窓を作った。ネット上の、外の風景を見るための魔法の窓。窓を開き、振り返って翔を見る。

窓を見ろということかと、翔も窓の外を見る。怖くはないぞ。胸ポケットにはネズミの妖精が一匹入っている。

見覚えのある大久保駅前の景色。街頭カメラからの中継か。NHKの表示に、翔は少し違和感を覚える。普段妖精はこんなものを見ない。

「なにこれ」

「リアルタイム」

妖精の声は硬い。車道に人が大勢いるのが奇妙だったが、一部で喧嘩がおきているように見えた。喧嘩というよりも、囲んで髪を引っ張ったり蹴ったりしている。

小さな声を漏らす。自分の声だった。まずいものを放映していると思ったか、ライブカメラがあわてて切り替わる。ゴミが道一杯に転がっている。悪性タグではない、本物のゴミ。ゴミはさておき看板には見覚えがある。昨日の朝作戦を行った場所だった。

「すぐ近くじゃん！」

「そっちの家からもね」

翔はあわてる。まず思い浮かべたのは稟だった。稟が一番駅から近い。無意識にコールしてチャットに招待する。

「高波《たかなみ》さんはいないでござる。翔どのと一緒にコールし続けているでござる」

妖精は口調はともかくこれ以上ないくらい深刻そうな顔をしている。きっと自分もそうだと思った。

「どうしよう」

チャットのコールが続いている。返事はない。

＊

田中翼は自室の部屋に鍵をかけた。なんだかよく分からない衝動におされるまま、副官の襲来を防ごうと思ったのだった。

自分に対して、落ち着け冷静になれとは思ったが、現実に知らない人が家に来るのはちと怖い。いや、すごく怖い。なんで怖いんだろうと翼は自問する。

一〇秒考え、七海が嫌がるからだなと、翼は自分にとって途方もなく当たり前の答えにたどり着いた。それはそうだ。他に言うべきコメントもない。

ため息。強化現実眼鏡を外す。ＰＣの電源も切った。

いっそ明かりも消して息を潜めて隠れようかとも思ったが、電子カーテンを閉めればいいだけの話だということに気がついた。しかし、ガラススクリーンを暗くするだけなのに〝閉める〟とは、日本語は仕様が古いな。

カーテンのスイッチを押し、深くため息をつき直す翼。架空軍において超然としているとよく評されるが、自覚はない。だってほら見ろ、七海を泣かせるかも知れないと、今こんなにも怖がってると翼は心の中で反論する。

椅子に座る。深く座る。上を見て息を吹く。棘棗さんのことはいいや。問題は七海だ。いつも七海なのだ。考えなければいけないのは、心配しないといけないのは。

贔屓《ひいき》なのは承知の上で、彼女は心優しくて、それでいて繊細だ。翼は微笑む。強気に見えて心配性で、僕の愛情すら時に心配する。それくらいは信じて欲しいと思いはするが、口に出す根拠もない。

好きに根拠がいると思いはじめたのはいつだろう。思えばそれが大人と子供の分かれ目か。就職しないで七海とその国を守る選択をした時、ニートになった時、好きとは気軽に言えなくなった。経済面の弱さは結婚のメリットを大きく減退させる。だから……好きと言うのが怖い。嫌われたらどうしようかなどと考える。

七海の愛情すら時に心配すると思えば僕たちは二人して怖がってるのかも知れないなと、翼は思った。長いこと一緒だったんだから、そんなことは不要なのに。不要なのに、怖いのは怖い。

心の中の愛国心という獣が不機嫌そうに唸っている。翼は少し考えた後、獣の鼻面をなでた。まあまて、まあまて。

順番だ。順番にやろう。自分はその実不器用で、物事を一つずつしかやっつけられない。

首相が陸軍大将と組んで何かを考えているのは分かっている。それとデモの後始末だ。あれもどうにかしなければならない。だがまずはそれよりも、棘棗さんから逃げる、いや七海が泣かないようにする。まずそれをしなくては、何も手につきそうもない。

＊

時間とともに騒ぎは大きく、物騒になっていく。大輔のアパートはその最中にあって、孤島のようになっていた。

何時になっても人通りは減ることなく、むしろ増えている。

一階の中華料理店は派手に破壊された。直接は見ていないが、凄い音が延々続いていたので、間違いないと思っている。食器やガラスの割れる音、中華鍋がたてたのかどこか間抜けな金属音、人の悲鳴が聞こえなかったことだけが、唯一の救いだ。近所から通っている店主や従業員がひどい目にあってなければいいが。

中華料理店の裏、一階の部屋に住む中国人ホステスたちを上に避難させ、通帳が、家族の写真がとそれぞれ勝手なことを言っては一階自室に取りに戻ろうとするのを押しとどめ、大輔は一階から音が聞こえなくなった頃を見計らい、覚悟を決めて中国人ホステスたちの大事な物を拾いに階段を下りた。

店から煙が立ち上っているのを見て肝をつぶす。この建物が燃えて外に飛び出す羽目になったら、自分以外の住人たちはリンチにかけられるんじゃないかと恐怖する。上着を脱いで、あわてて火を消す。煙に巻かれて涙が出た。なんで俺はこんなことをしているんだ。

＊

妖精と二人、翔は不安そうに稟からの連絡を待っている。

周囲の強化現実の方の妖精たちは気まぐれで、何事かをささやきながら環になって踊っている。

体育座りでその環を見ながら、翔はお腹が空いたなあと考えた。

母はまだ帰ってこない。いつもは一日中家にいるのに。

不安は段々大きくなる。不安から逃げるように翔は、この踊りなんなんだろうな、と言った。

人間の方の妖精は同じチャット空間内の翔の隣で、同じく座っている。しばらく強化現実の方の妖精たちの踊りを見た後、口を開く。

「夜中、うちの兄者が見たところによると、強化現実眼鏡が光っていて妖精が踊っていて、データの大量ダウンロードが行われたという話でござる」

「うん。俺もなんとなく見た気もする。寝ぼけてたせいかもしれないけれど。綺麗な光景だった」

妖精はうなずく。

「昨日夜中にアップデートが起きたようでござる。そこで増えた妖精たちの動きのバリエーションの一つでござろう」

「うん。それは分かる。前より良くできてる。飛び方とか。ダンスも増えてるよな」

「まさに。で、なぜ踊るか聞いてみるでござる」

聞いてみると言う割に、人間の方の妖精は身動きをしない。むしろじっとしているように見えた。じっとして、耳を澄ましている。

「王を召喚しているのだとか」

「妖精の言葉が分かるの!?」

翔はびっくりして目を見開いた。妖精はまさかの妖精だったか。いやはやまさか。そんなバカな。

翔が見開いたままの目でそっと人間の方の妖精を見ると、妖精は優しく微笑んでいる。

「そんなに難しいことはないよ。遠山くん。ひらがなが一個ずれているんだ。〝あ〟なら、〝い〟、〝い〟なら〝う〟なんだ」

妖精は難しくはないと言うが、単純なものにせよ気づいたのは大層すごいと翔は素直に思った。思ったが、それを口にする前に言うべきことがあった。

「忍者言葉やめたの」

「あ。失敗でござる」

翔は微笑んだ後、すげえじゃん、妖精まるで本当の妖精みたいだよと言った。微笑む妖精。

「自分もそうなれたらといつも思っているでござる」

その言葉と表情は、翔には少し大人に見えた。翔は考え、よく分からないので分かることを口にした。

「そんなこと言うなよ。お前あっちに行ったら、現実から妖精いなくなっちゃうだろ」

妖精はしばらく考えて、ちょっと嬉しそうに笑った。

棗から連絡があったのは、それからしばらくしてからだった。翔と妖精は顔を見合わせて喜んだ。

*

翼は棘棗の襲撃を待っている。時間は蝸牛《かぎゅう》の歩みのようで、一〇分たったあたりで緊張の糸は鋏が入ったように切れた。

もう今日はここまでにしてベッドで寝ようか。実際僕にしてはよくやったよ。僕はニートの鑑《かがみ》だねと思いつつベッドまで二歩の距離を一歩で立ち止まり、いや、寝ている間に棘棗さんに襲撃されたら、悲劇だではすまないと思い直し、すごすご席に戻った。盛大なため息。

もう一〇分待って何もなかったら状況確認を再開しよう。棘棗さんが全然違う家を訪問しているさまを想像したりもした。時間とともに楽観に流れるのは危険だと思うのだが、それに飛びつくのが人間だ。

折しも外からは消防車や救急車のサイレンが聞こえており、翼は何事があったのか確認しようとして窓の外を見るか強化現実眼鏡をかけるか迷った。

部屋をノックされている。翼は唾を飲み込んだ後、誰ですかとしわがれた声で言った。

「私だけど」

「七海？」

「なによ。私じゃ悪かった？」

七海はそう言って、ドアに背を預けたようだった。

翼はばったり倒れた後、なんだ七海かと言った。

「お前、まさか」

「……なによ」

「いや」

翼は棘棗が七海だったらどうしようかと思った。その発想はなかった。

脂汗が体中から出る気がする。そういえば副官と七海は少し似ている。髪が短いところとか。

よく考えるんだ。翼は鼻水が出そうになりながらなお考える。ヒントがどこかにあるはずだ？　いきなり疑問形だけども。

翼は現実の応対も人影に任せたいと思いながら頭を使った。

棘棗はなんと言っていた。彼女は部屋をだいたい特定したと言った。七海が棘棗ならそんなことを言ったりはしないだろう。

翼は倒れた状態から起きあがった。大丈夫だ。七海はあんなじゃない。ガラス面にべったりはりついたり短すぎるスカート穿いて目の前でしゃがんだりはしない。

「どうしたんだい？」

安心して落ち着いた声で、翼は言った。こんなに嬉しいことは、あとは盆と正月しかないと思うほどの爽快な気分だった。

七海はドア向こうで、沈んだ声で言う。

「考えたんだけど」

「うん」

「私、翼の部屋に入ったことない」

「そうだっけ」

翼は空前の解放感の中でそう言った。我慢を重ねてトイレに駆け込んだあの感覚。

「そうなの。だから命令。入れなさい」

解放感に水をさされつつ、なんだそれはと思いつつ、翼はドアを開けようとした。

手が止まる。考える翼。

「七海しかいないよな」

「なにそれ。決まってるでしょ」

翼は最悪のシナリオとして棘棗と七海が手を組むという地獄の展開を思い浮かべていた。

強化現実の中の翼と、現実の中の翼、双方をよく知る女のタッグマッチなど、恐ろしすぎてぐぅの音もでない。

翼は深い安堵のため息のあと、ドアを開ける。

七海は一人、隙間から入る猫のように部屋に入ってきた。翼は七海が立つスペースをつくるために二歩下がった。

七海は後ろ手でドアを閉める。鍵をかける。上目がちに翼を見ている。

翼はかけようとしていた強化現実眼鏡を机におき、七海を詳細まで肉眼で見る。ちょっと顔が赤い以外は普通のようだった。大丈夫か。大丈夫なんだな。

「なんで鍵をかけるんだい」

「普段かけてるのは翼でしょ？」

「いや、かけてないよ」

翼はようやく安心し、PC前の椅子に座った。しまった、片づけておけばよかったとそう思った。まあ、七海は僕のだらしない部分など百も承知だろうからなんだけど、とはいえ片づけろとは言うだろう。明日にでも片づけるか。

七海を見る。七海はドアを後ろに立ったまま、下を向いている。

「嘘。さっきあけようとしたけど、鍵かかってた」

「ああ。いや、さっきは特別だよ」

「どういう意味よ」

七海は横を見ながら口をとがらせている。本気ですねている時の癖だった。

「話せば長くなるが最近物騒なんだ」

翼はしみじみと言った。七海は顔をあげて翼をしげしげと見つめた後、意を決したように大股で歩き、翼の横、床の上に座った。

なんで意を決したように動くかなと翼は思う。ちょっと意味が分からない。

「ベッドに座ったら？　あんまり汚れてないと思うよ。最近寝落ちしてこの椅子でばかり寝ているから」

「ここがいいの」

「なんでまた」

七海は顔を翼にあわせないまま、言った。

「ベッドとここ、遠いじゃない」

「歩いて二歩だけど」

七海は翼をにらんだ。

「ここに座らせたくない理由でもあるの？」

「いや、全然ない」

翼は頭をかいた。七海は機嫌が悪そうだ。なにかあったんだろうか。

「なんか嫌なことあった？」

「別に。そうね。今日は物騒ね」

七海は何事か決意した顔で床を見ながらそう言った。真意分からず、頭をかく翼。

「近くで火事とかもあったようだしね。そういえばさっきからずっと、消防車のサイレンが聞こえていたな」

「そうね」

七海は自分で話を振っておいて、あまり気が乗らなそう。

翼は参ったなと思いながら、あ、物騒から火事のことを類推したのかとそう思った。あ、火事で自室に鍵はおかしいだろうと思ったのか。

「そうね。だから、今日はもう眼鏡禁止だから、あと外出禁止」

七海は思い詰めた様子でそう言った。

それとこれに何の関係があるんだろうと思い、そう言いかけて翼は口をつぐんだ。七海は自分が首を縦に振らないと泣きだしそうな顔をしてる。

「ど、どうしたの」

「命令なの」

小学生以来とんと聞いていなかった口調で七海はそう言った。しかも頬を膨らませている。なぜここまで機嫌が悪いんだろうかと翼は考える。消防車や救急車のせいだろうか。これまでの日本の常識と歴史からして、デモから暴動になったパターンはないはずだが。

ちらりと考えたのは架空政府首相と架空軍陸軍大将のこと。いや、デモが暴動になったとすれば架空政府は回復不能の打撃を受ける可能性が高い。時代の寵児《ちょうじ》から犯罪集団への奇跡の転身だ。何かを仕掛ける可能性は低い。いや、そんなことはどうでもいい。七海だけが問題だ。今は。彼女はなぜかくも不機嫌なんだろう。

一〇秒考える。

——結論としては難しくて、よく分からない。

架空軍や架空政府のことはともかく、七海のことになると途端によく分からなくなる。

翼は降参するように口を開いた。

「あーうん。その。僕はニートで察しが悪いのはよく知っていると思う」

「それについては百万の文句があるけど、それがどうしたのよ」

「百万はちょっとどうかと思うけど、言いたいことがあるなら、口で言ってくれ。真面目に聞くから」

七海は急に黙った。再び話すまでの時間を、翼は長く感じた。

「私たち、幼なじみだよね」

「もちろんだけど」

「結婚とか考えたことある？」

「昨日、僕が言ったことを忘れたとは言わせない」

「あれ……なんか言ってたっけ」

顔を赤くして焦る七海に、翼は椅子からひっくり返りそうになった。

心の再起動までに一分間。なんとか体勢と態勢を立て直し、ＰＣデスクを支えに身を起こす翼。

「清水の舞台から飛び降りたつもりだったんだけどね」

「え、え。どんなの、どんなこと言った？」

七海は本気で覚えていないらしい。あるいは聞こえてなかったのかも知れない。翼はダメージを受けつつしばし考えたあと、まあいいかと思った。別に急ぐ話でもない。

「いや、まあ。来年までに台詞考え直すから、そのときでも」

「こら」

「なんだよ。今回悪いのは僕じゃないよ」

また黙る七海。ものすごく面白くなさそう。頭をかく翼。七海は翼を見上げて言った。

「私たち幼なじみだよね」

「当然だろ」

ちょっと怒って翼はそう言った。急に静かになる七海。

翼は頭が痛くなる。なにがどうしてどうなった。幼なじみがなんだっていうんだろう。幼なじみが縁組みと深く結びつくようになったのは、そんなに昔のことではない。少子化が進んで、それまでの時代よりさらに結婚が難しくなった頃からだ。その頃、ニュースでも本でも、そして家の中での会話でも、本来当たり前のことであるが年々難しくなりつつあった結婚と出産は重要な話になりつつあった。若いお母さんたちにとって、あるいは若くないが子供をつくったばかりのお母さんにとって、この問題は特に深刻で、たいていの母親は、乳母車を押しつつ公園で仲間に出会っては、子供に婚活の苦労をかけさせたくないねと言い合っていた。

そこで、自然発生的に地域の近い子供、すなわち幼なじみ同士、将来結婚させようねという話が急増した。許婚《いいなずけ》と幼なじみは限りなく同じ意味になった。

お一人様老人と言われる子孫を残さないで死んでいく独り身が急増し、悲惨な晩年を過ごすことが多くなる中、子孫を残した母親たちは、自らの子供の幼なじみをキープすることに余念がなく、これが二世代も続くと幼なじみが結婚するのは当たり前、それが良縁という風潮になった。

昔のように自由恋愛を唱える左巻きの入った新聞社は、お一人様老人とともに時代の波に消えた。子孫を残さない者の意見が何十年も残ること自体が、おかしかったのだというべき、風化の早さだった。

同様にきらきらネームとか、DQNネームと言われた昔の基準から見て変な名前も、一般化した。批判にさらされていた時代から三〇年で、批判していた連中が子孫を残していないことはもはや明白だった。少子化が一巡して底を打ちそうな今、小学生でも結婚や出産を意識するし、年金制度が滅んだ今、自分の老後のために子孫繁栄をねらうのが当たり前の話になっていた。

激しい少子化は、子供や若者の将来設計を容赦ないものに変容させている。夢見がちな子供時代などというものは、もはやこの国にはない。

翼は七海を見た。自分もまた、その大きな流れの中にいる。幼なじみは許婚と限りなく同じ。

翼だってはぐれてお一人様になるのも嫌だし、今の時代、自分の身をバーゲンセールに出すような婚活イベントとやらに参加するのも嫌だった。ニートならなおさらだ。無料同然でどこかに引き取られてしまう。その後の人生が良くなるとは到底思えない。

それに、翼は思う。生まれてずっと一緒だったのに愛着がわかないはずがない。同じような愛着を別の人に感じるようになるまで、四半世紀はかかるのではないかと考えた。いやそうではなく。なんで僕は自分に無限の言い訳をつけようとしているかな。七海が好きだよだけでいいじゃないか。

翼は頭をかく。やっぱり言い直そう。よし言い直そう。今が言い直す時。

「あー。七海いいかい。僕は就職活動の厳しさをニートで十分に味わっている。就活でうまくいかない人間が婚活はうまくいくなんてあるわけないだろう。そもそも自由恋愛なんか面倒くさいと思ってさえいる」

「あんた就職活動なんかしてたっけ」

「まあ、それはこれからの予定の話なんだけどね。いや、そこ重大な箇所ではなくね。えぇと、だから」

「だから？」

なぜだか小さな声の七海。翼はなぜか恥ずかしくなって席を立ち、なにもすることが出来ずに席に座り直した。

「だからね。いや、その続きは来年ぐらいに言おうと思ってまだ考えないでいるんだけど」

七海は翼をにらんでいる。翼は何か言い間違えたかと考えた。

陸の孤島状態は続いている。大輔は消火のため上着を一着駄目にして憤然として五階にある自分の部屋に戻ったが、ひどく住民たちから感謝されることになった。ちょっとしたヒーローだ。だが、心は晴れない。いい気分になるわけもなく、やりきれない怒りだけがつのった。

＊

二一時。人の群れは引くことがない。結局、アパートに住む外国人たち、すなわち大輔以外の全住人がこの日仕事を休む羽目になった。彼らの仕事は皆新宿や大久保の夜の仕事だったのである。

大久保、新宿がほど近い上に家賃は比較的安いという場所なのだから当然と言えなくもないが、大輔はそんな観点で自分のアパートを評価したことはなかった。

ホステス四人を加え、六畳一間に大人五人と完全に手狭になった部屋で不景気そうな顔を並べていると、パキスタン人のバーテンダーやインド人の夫婦やらが、こっちの部屋も使ってはどうかと言い出した。心細い時は肩寄せ合うというのは日本だけじゃないんだなと思いつつ大輔は、今日という日は助け合いの精神でいかなければならないと考えた。

こうなると子供たちやその母親も気になるところだが、そこはワタシが様子みますねと、バーテンダーが言って様子を見てきてくれた。三人揃って寝ているとのことだった。

凄い音。大輔と数名が窓の外を見る。車がひっくり返り、その上で誰かが叫んでいた。

警察はどうしたんだ、警察はと大輔はうめいた。バーテンダーは、弱々しい笑顔で、向こうも仕事ですからと言った。

仕事だから、危険なことはしたくないってかと腹を立てそうになりつつも、気弱なバーテンダーの笑顔を見て彼のせいではないと思い、頭をふる。今日は長くなりそうだ。

窓の外を見るのをやめ、スマートフォンでニュースを探す。この騒ぎのことをどこかで扱ってないものか。

見つけた。ニュースを見る大輔。大久保が人の鎖とやらで封鎖されており、この時間に出勤をはじめた水商売の外国人たちとにらみ合いが起きているらしい。

大久保通りの先でそんなことがと慄然としつつ、大輔は動画サイトから一般人の撮影した実況放送を探した。スマートフォンを通じて実況が行われている現場へ視界を同期する。ここから大久保通り沿いに神田川を渡って信号一つ越えたあたりの映像だった。窓の外から身を乗り出せば、見ることも出来そうな風景。

怒号。人だかり、にらみ合い。互いが通じぬ言葉で罵《ののし》りあっているようにも見える。外人が我々の仕事を奪った。給与を引き下げたという政治的主張を仮想タグにして、火事を消そうと出てきた外国人の額にはりつけている。個人識別用に日本人、外国人関係なく入れることを義務づけられている体内のマイクロチップに情報が紐づけされているのだ。

違法店を示すタグも次々と店先にはられている。営業妨害だとこのタグに手を出そうとすると数名から数十名に囲まれるという寸法だった。

予想以上のひどい状況に、大輔は息をのんだ。警察はどうした。消防は。

大久保に住んでいる外国人、おそらくは韓国系か中国系の誰かが拳銃を撃っているのが見えた。人か店を守ろうとしたのかも知れない。犯罪組織の一員か。銃に撃たれて一人若者が倒れた。カメラは倒れた人間を追わず、拳銃を持った外国人を映している。すぐに全弾撃ちつくした外国人を棒を持った日本人が囲んだ。彼が死ぬところまで映像が延々と流れている。

いきなり火災。大輔は身をのけぞらせる。放火か、事故か、火事が起きている。争いをやめて呆然と火事を見る人々、一部の人々が半笑いになっている。笑いはいつしか哄笑になり、いいぞやれと言っているように見えた。

これがおとなしいのがウリの日本人かと、大輔は思った。画面が揺れる。酔いそうになる。実況者……すなわち視界提供者……が、後ろから誰かに殴られたに違いない。これから起きるであろう惨劇に恐怖して、大輔は逃げ出すように実況を見るのをやめた。心臓が踊っている。

洒落になってないぞ。

気づけば鍵があいて眠そうな子供が二人、ドアのところで立っている。大輔は体の向きをかえて浅黒い肌の子供たちを見て微笑もうと努力した。おびえさせてはいけない。

＊

翔と妖精が飛びつくように稟からのコールに出たところ、黒い箱が視界に表示されて驚いた。高さ一五〇㎝ほど、幅は四〇㎝くらい。それが稟の姿であることを理解するまで、少し時間がかかった。

「なんて格好してるんだよ」

翔はよろけるように立ち上がって言った。

「なんて格好してるからこうしてんの。非表示。見えないの。見ちゃ駄目」

稟の声は元気そう。翔はそれでちょっと笑った。

「あ。トイレだった？」

「お風呂！」

大声で怒鳴られ、まあ元気そうだなと納得した。良かった良かった。ともかく良かった。お腹が空いた。

盛大なため息をつく稟。妖精は虚空に窓をあけてＮＨＫを見ている。

「翔、ちょっといい」

「何？」

翔は二人きりで別のチャット空間を開いた。翔の視界は稟の家の脱衣所に繋がっている。バスタオルだけを巻いて頭を別のタオルで拭いている稟の姿が見える。自分は洗濯機の上に置かれたスマートフォンのカメラからこの光景を見ているようだった。

濡れた肌が朱に染まっていて、翔をあわてさせた。

「分かった？」

稟はそう言う。

「わ、分かったよ。バカ、隠せ」

翔は両手を派手に振ってのけぞった。何考えてんだ。

稟は厳重に頭を拭き、まるで顔を見せないようにしながら口を開く。

「こういうの見たの、あんただけなんだからね」

「あ、当たり前だ」

翔はそう言って会話を打ち切る。顔が赤い。

そう、それでどうだったんだと翔は照れ隠しに考える。そう、お母さんが帰ってこない。大変だ。お母さんが家に帰らず。そのまま父と母が離婚したらどうしようとか、そういうことが頭に浮かぶ。

「二人とも、こっち見て」

妖精が険しい声でそう言った。黒い箱と翔はあわてて虚空の窓に近づいた。NHKの放送を見る。

「火事だ」

翔は呆然と言った。大久保が燃えている。火事に照らされ、悪鬼のように踊っているような人々の姿が見える。棒を持って暴れている人の姿も。

「それ、うちからも見えるよ」

凜はそう言った。あわてたのは翔だ。

「大変じゃないか」

「うん。そうだね」

「うんて、そうだねって」

落ち着いた凜の様子にオウム返しをする翔。凜は黒い箱のまま、優しく言った。

「大丈夫。うちのパパ、小さいときに岩手で東日本大震災にあってるから。こういうのも大丈夫だって。それで早めにお風呂に入ってきたところ。避難するかもしれないし、そうなったらしばらくお風呂入れないそうだから」

「俺の家にくればいいじゃん」

「そうなんだけど、近所でしょ。そっちもどうなるか分からないからね。避難準備、お母さんと用意しといたほうがいいよ。妖精、あんたも一応荷造りしときなよ」

「拙者の荷はこの強化現実眼鏡と、そして友人だけでござる。遠山どのと高波どのがおられれば、あとは無用」

妖精としては格好いいことを言ったつもりだったのかも知れないが、すぐに否定された。

「家族ぐらいはいれてあげようよ」

稟が言った。

「お前食べ物ないとすぐにしょげるじゃん」

翔はそう言った。妖精は格好いい表情のまま、口元を震わせた。

＊

工藤真澄《くどうますみ》は校長の指示で早めに家に帰っていた。女教師を中心に早めの帰宅指示がでている。

男女平等でないことに真澄はひそかな怒りを感じなくもなかったが、同僚の話によるとデモが暴動に変わって状況はあまり良くないという話だったし、疲れていたのでこれ幸いと学校を出た。職場である小学校近くの小さなアパート。いつもより四時間ほど早い退勤だった。ちょっと不慣れな新人教師は、夜の一〇時まで仕事をしていてもおかしくはないものだ。工藤真澄は不慣れな新人教師だった。

休もう。おしゃれとは到底いえないバッグを食卓の上に置いて、真澄はそう思った。自分に足りていないのは休みだ。休んでまた、クソガキどもを相手にする気力を養わないといけない。

わざと服を脱ぎ散らかし、食事の前にシャワーを浴びる。穢《けが》れを洗い落とすように。

さっぱりしてパジャマに着替え、服を拾い集めて畳んでしまって、一部は洗濯カゴに。日曜にまとめて作って小分けした料理を電子レンジで温める。

転職したいな。真澄はそう思った。無理かもしれないが転職したい。このままでは自分がどんどんイヤな奴になる気がする。このままでは子供が怖くなって自分の子供すら持てなくなるかもしれない。

嫌な気分を振り払い、食事をしながらドラマでも見ようと最近では仕事以外ではとんと使ったためしのない強化現実眼鏡をかける。最近では高齢者ぐらいしか使わない、テレビ一体型の機種だった。真澄は何を視聴するか決めるのも面倒なときにテレビはいいということで、一体型を使っている。視聴。ドラマなどは一つもなく、バラエティもない。どの局も報道特別番組をやっている。

火事、暴行、突入しようとする警官隊を囲む市民。

食事時に見るものじゃないと、真澄はTV機能を停止させた。自動的に強化現実モードに切り替わる。

明日は休みになるかも知れない。他人の不幸を喜ぶのはどうかと思うが、正直嬉しい。これで気分を立て直すことが出来れば、もう少しは教師の仕事ができるかも知れないと思った。

病院の心療内科に行ってもいいな。食事が美味しくない。濃いめの味付けなのに灰を噛んでいるようだ。不意に泣きそうになる。感情の制御が難しい。ティッシュで鼻をかんで、食事を終わらせた。

強化現実眼鏡を外して、早々に寝るかどうかを考える。貴重な自由時間をそういう使い方していいのかと思いはするが、寝るのはとても魅力的に思える。

迷い、悩み、結局強化現実眼鏡をかける。寝て悪夢を見たら目もあてられない。面倒くさいが、楽しい動画でも見ることにしよう。翼Pのニートの日常とか。

動画サイトに接続しながら学校長の言葉を不意に思い出した。タグの清掃と身だしなみとか言っていた。

真澄は全タグを可視化し、自分につけられている仮想タグを見る。真澄自身はタグのはりつけに許可制を取っており、たわいのないものしか許していないつもりだった。

次の瞬間、叫び声をあげそうになる。

口に出すのも汚らわしい言葉の数々が自分にはりつけられていた。いつはられたのか分からないが知らずに歩き、振る舞い、多くの人がこの言葉を見ているらしいことを想像し、恥ずかしさと怒りで顔を赤くする。

削除しようと指示を出す。タグはありませんと表示される。今度こそ本当に真澄は声をあげる。

何度も削除しようとする。何度も失敗する。頭が白くなる。

〝遠山翔に色目を使っているドブス。〟

〝意識しすぎ。バーカ。〟

〝幼なじみがいないってつらいことなのがこの人見ればわかります。〟

誹謗中傷どころか個人情報まで事細かにタグにしてはりつけてある。学歴に収入、恋人の有無まで。

真澄は叫びつづけ削除のコマンドを何度も試しながら、子供たちが何日も前から自分を見ては笑っていたことを思い出した。今日の朝、学校長が失笑していたような気がしはじめた。

*

七海は翼の部屋に居座っている。掃除まで始めている。

こんな時間になんで掃除なんかと翼は言ったが、汚いからに決まってるでしょと一言でやりこめられていた。真意のほどは、分からない。

脇に置いた強化現実眼鏡をちらりと見る翼。デモや首相の動きなど、情報を知りたいと思うのだが、翼は七海に黙って架空防衛大臣などをやっている後ろめたさから、七海の前では極力強化現実眼鏡を使わないようにしていた。会話が途切れたり、会話中に出てきた謎の言葉を検索したりはするが、それだけだ。翼は現実の七海を常に優先してきたし、今も、そうしている。

七海は強化現実眼鏡をも片づけた。厳重にも箱の中にしまって押入れに入れる。苦笑する翼。大丈夫大丈夫、いつだって一番は七海だよと心の中で思っていると、当の本人は不意に翼を見た。

「分かってたけど女気ないよね。ここ」

腰に手をあてて七海は言った。胸元に猫のプリントがされているエプロンをつけている。手には箒《ほうき》とちりとり。

「あるわけないだろう」

翼がそう言うと、七海は翼をじろりと見た。翼はその意味が分からない。本当は違うんだろと言いたいのかも知れないが、強化現実まで含めても、バーセイバーさん以外この部屋に入ったものはいない。そしてバーセイバーさんはその、恋愛対象には年齢的に問題がある気がする。

「そういえば、翼は昔動物好きだったよね」

翼がまごついているあいだに不意に七海は、そんなことを言う。翼には彼女の話がよく飛ぶ理由も分からない。

「今もそうだよ」

翼は分かるところだけ答えようと、そう返事した。まあ、七海の動物好きが今も変わっていないなら、だが。

七海は周囲を見回している。不思議そう。

「その割には、動物飼ってないよね」

七海はそう言った。目を下に向ける。

「一度だって飼っているところを見たことがない」

翼がどう返事しようかと思う前に、耳の奥でごろごろと鳴く音がする。分かっているってと、翼はそう心の中でつぶやいた。愛国心という特大の奴を一匹飼っているが、これは説明が難しい。

「そりゃそうだよ。中二病の妄想だと言われたらそれまでだ。

ニートがリアルでペット飼えるわけないじゃん」

「昔から飼ってなかった」

「小夏《こなつ》がいたからね」

翼は雉虎の太った猫を思い出して言った。かわいい奴だった。

「それうちの猫じゃない」

「僕がおもに餌をやってたんだ」

「そうだけど！」

「そうなんだよ」

七海は目をさまよわせる。

「でも、じゃあ、小夏が死んじゃってからは、どうだったの。また動物飼おうとか、思わなかった？」

「七海はなんで飼わなくなったんだい。動物嫌いになった？」

「まさか。動物は好きよ。猫は特に。でも、死んだら悲しいから」

「同じことを僕が考えていたらどうする？」

翼は静かに言った。正確には七海がひどく悲しむのを見てそう思ったのだが、翼にとっては自分がそう思うのと七海がそう思うのには大差がなかった。

七海は不意に目をそらした。考えている。

「ごめん」

しばらく考えた末にそう言った。翼は頭をかいた。どうしようかと考えた後、七海の頭をなでた。

「謝らないでいい。まあその、だからね。部屋の掃除なんかしないでもいいから。明日自分でやるよ」

「明日出来ることは明日やろうと思っているからニートなんだからね」

顔を赤くして七海はそう言った。

名言だな。

＊

空が、明るい。

大輔は窓を開けてベランダに出ると大久保の方を見た。空が朝日や夕日とは違う、赤い色に照らされている。火が燃え広がっている。意味はないと思いつつ、不気味な赤い光源の数を数える。三、四、いやもっと。大久保はもう火の海だ。

バイトが一個なくなったなと思う一方で、架空政府への怒りがつのった。

落書きを消すだけならまだ分からないじゃないが、これはやりすぎを超えている。

「外人がいるぞ」

そんな叫び声が下の方でした。アパートの住民が危機にさらされているかといえばそんなことはなく、叫んでいる連中は大輔を見て言っていたようであった。

鼻で笑おうかとした瞬間、ベランダに石が投げ込まれる。壁にぶつかり、転がって止まる石。ガラスに当たっていたら割れていたろう。大輔は顔を再び出す、まだ投石されている。

ふざけるな、俺は日本人だと怒鳴り返し、大輔はベランダから離れた。

日本人であることを疑われ、それでひどく腹を立てている自分自身にびっくりしている。

愛国心なんて持ってないと思っていたのに、実際は腸《はらわた》煮えくり返り、顔は紅潮していた。

こんな気持ちが自分にあるとは思わなかった。これが愛国心という奴か。腹が立って居ても立ってもいられない。下へ降りて文句を言ってやろうと息まく。玄関まで一歩のところで服の裾を引っ張られる。三階のフィリピン人ホステスの子供たちが心配そうな顔をしていた。

大輔は指で自らの顔を指で引っ張って無理矢理笑顔を作る。子供たちがマネをする。

大輔はそれで、本当に笑った。

肩を落とし、考え直し、子供たちのもとに残ることにした。腹は立っていたが、子供たちを置いていくのもどうかしている。もしこの子たちが追いかけてきたりしたら、大変だ。

大輔は苦笑いで腹のうちを隠しながら、もはや物置と化しているクローゼットをあけ、古い強化現実眼鏡を取りだした。子供が時間をつぶせるアイテムなど、大輔は他にもっていない。二人の子供にそれぞれかけてあげる。売らずにとっておいて良かったと大輔は思った。時代遅れも甚《はなは》だしい眼鏡だが、今でも遊びで使う分には問題ない。

通信機能はすでに契約を解いているので使えないが、子供向けの強化現実アプリならプリインストールされているはずだった。大輔は古いフォルダ仕様を面倒くさく思いつつ、目指す強化現実を探し出し、引き当てた。妖精草原という名前。

「これでよし。魔法の眼鏡だよ、かけてごらん」

大輔は芸のないことを言って子供たちに眼鏡をかけさせた。

びっくりする子供たち。周囲をしきりに見て、目を大きく見開いている。

強化現実を理解した子供たちから、笑みがこぼれるまで二〇秒。

そこには世界各国の妖精が映っているはずだ。家の中は草原に見えるはずだった。

これで少しでも不安な雰囲気から逃れられたらいい。震えて窓の外を見るよりも、ずっといい。

大輔はそう思う。一日二日の使用で異常行動にでたりはしないはずだ。

＊

二一時を回った。母は、まだ帰らない。家には、一人。

小学生にとっては一大事である。普段家をあけることがない家庭だから、なおさらだった。

台風が来るときワクワクしていたのに、今日のは違う。翔はそう思った。強化現実眼鏡をかけ、こっそりNHKを見る。実況中継。近所は既に火の海だ。口の中が苦い。

時間の進みがやけに遅い。お腹が空いて気分が悪い。

翔は冷蔵庫から食べられそうなものを出して食べた。カップ麺があればなと思うのだが、食育に悪いとかで決して家では食べさせてもらえなかった。

食べられそうな物は、トマト、キュウリ、食パン、ハム。バター。キュウリは嫌いなのでおいといても、なんとかサンドイッチは作って食べることが出来そうだった。

耳を切らないサンドイッチなら自分でも出来る。

翔は家庭科の授業を思い出しながらサンドイッチを作り、頬張った。塩気が足りない気がしたが、すぐに補給された。涙が知らずにこぼれていた。

母はどうしたんだろう。翔は心配で仕方がない。あの火事の中に巻き込まれていて自分を呼んでいたらどうしよう。それればかりを考える。

助けをもとめ、指示を仰ごうとして父に電話する。強化現実眼鏡からコール。応答はない。翔はどうしようとつぶやいた。電話のコール音はいつまでも鳴っている。父はお風呂に入っているんだろうか。

*

終わった。

田中翼の自室は、すっかり片づいてしまっていた。

鼻息荒く、一仕事終えた七海が満足そうに部屋を眺めている。大願成就したかのようなその顔は、ちょっと画面キャプチャーしたいほどの感じではあったが、翼としては、いいのかこんな時間まで掃除していていてという気分だった。

いや、良くないだろう。

翼はそう結論づける。いつまでも途切れることなく消防車や救急車のサイレンの音がしている。

「もう遅いし、送っていくよ」

翼はそこまで言った後、この展開はどこかで見た気がするぞと、そう思った。思えば昨日もその言葉から話がこじれたのだった。

七海は翼を真剣に見た後、不意に顔を逸らした。

「まだ。残っている」

「今掃除終わったって言ってなかったっけ」

「第一段階が終わったと言ったの」

七海は床を踏みならす勢いでそう言った。勢いで全部を押し流すようでもあった。

いや、ええと。と思う翼。今頃、七海の魂胆が見えてきた気がした。

泊まる気だろうか。いやそうだろう。昔から言いだしたら聞かないうえに退《ひ》かない娘ではあった。一度や二度の失敗で懲りるような人物でもない。

退かぬ、聞かぬ、あきらめぬ。あれそれ困ったちゃんじゃね？

いやだがしかし。落ち着け、僕落ち着け。

玄関でチャイムの音がしたのはその時で、翼はこの時、鼻水を出した。

大輔は顔に痣《あざ》をつけた子供たちが強化現実眼鏡をかけて喜ぶのを、微笑んで見ていた。もっと喜ぶ顔が見たいと、そんなことすら思っていた。

*

外では市民に足止めを食らった救急車や消防車のサイレンが鳴り続けており、人の怒号が聞こえていた。それらをうるさいと思えば思うほど、大輔は子供たちに優しくしようと考える。

どう考えても、子供たちにいい環境、いい状況であるとは思えない。とはいえ、これでは外に連れて行くのも難しい。

子供たちが一七・八平方mの大輔の部屋を妖精がたくさんいる緑の草原にしているのを見て、笑う。スマートフォンでこの強化現実の最新のバージョンを検索した。

あったあった。大輔は嬉しく思った。さらに無料だったので嬉しさは倍増した。かつて一世を風靡《ふうび》したそのアプリケーションは今はフリーになっていて、有志によって保守管理、機能拡張されていた。

翼Pありがとう。大輔は作者に感謝しつつ、PCで最新版のファイルを落とし、指先ほどの三次元記憶媒体に入れた。これを一個ずつ、子供たちの強化現実眼鏡に挿してやる。

子供たちがワクワクしているのが、大輔の救いだった。

子供いいなと大輔は思う。就職もしてないのに子供欲しいなと思うのは社会人として大間違いなんだろうが、実際そんな風に思ってしまった。多くなりすぎた外国人の排斥を唱えるより、それが嫌なら自分で子供をつくればいいのにと思う。どんどん子供をつくって日本人を増やし、結果外国人の割合を低く収めてしまえばいいじゃないかと思う。

子供たちが猫さん、猫さんと興奮している。猫の妖精もいるのかと大輔は笑った。

笑いながら目をやる。母親が心配して見に来ても大丈夫なようにドアを開けっ放しにしていたのだが、なぜだか中国人のお姉さんたちが微笑んで見物していた。パキスタン人のバーテンダーもいる。

狭いけどあがってくださいと、大輔は声をかけた。

こういう日は、固まっていたほうが安心すると思います。大輔はそう言った。

＊

父は連絡に出なかった。風呂だったかどうかも分からない。

時間はさらに経っている。警察は動いていないようだと、ニュースで大騒ぎになっていた。

翔は母が買い物に行って戻ってこれないのではないかと考えた。体が震える。母をなくすということは、この甘ったれにとって耐え難い恐怖だった。押しつぶされそうなくらいに。

目をつむる。息をする。僕は架空軍の一員だ。なによりまず家族を大切にしようとは、補助部隊向けの訓練で教わったことだ。

翔は母を捜しにいくことにした。強化現実眼鏡と、財布、小さなＬＥＤライトをもって、準備は終わり、運動靴を履いて家のドアに鍵をかけた。

これは秘密軍事活動だ。と翔は思う。もし母が帰ってきたときのことも考えて、鍵を開けてあわてて家に戻り、学習帳から一枚切り取って置き手紙を書いた。

今度こそ大丈夫。

翔はうなずいてもう一度家を出る。マンションをエレベーターで降りながら、こんな時間に外出するのは初めてだと考えた。

母が話す平成の頃よりは随分薄暗い外に出て——昔がきらびやかすぎたんだとは思う——翔は強化現実眼鏡をかけた。起動する。たくさんの案内や動く看板が表示される中、タグを切り替えてシンプルな道路案内と交通情報にする。

母が買い物に行ったとして目的地にしそうなところはどこだろう。スーパーだろうか、コンビニだろうか。

まずはコンビニだ。翔は取り合えずそう定めて歩き出した。そこなら情報表示がなくても歩いていける。

夜道は暗く、暗闇の影に悪い人が座っていそう。人がいないチャンスを狙っては、悪性タグをはりつけようとしているかも知れない。

翔は架空軍の補助部隊での教育を思い出す。補助部隊に配置された者は、悪い人——悪性タグをはりつける人——を見ても、声をかけたり近づいたりしないように義務づけられている。そちらはパトロール隊に任せろという話だった。

チームワークだと、翔は思う。そう思うと、ちょっと怖くなくなった。隠れながら行くのなら、この作戦もなんとかなりそうな気がする。

翔は暗い風景を明るくしようと草原と青空と妖精たちを呼び、サッカー選手たちを呼んだ。これなら怖くないぞと思う。歩き出す。歩ける。大丈夫。

人間の方の妖精や稟に話をしようかとちょっと思う。でも、時間が遅いからやめておこう。普段ならもう寝ている頃だ。

*

チャイムが鳴ったとき、翼は脅威が消えたのではなく、見ないようにしていただけだと気づいた。悪性タグのように。

同時に、七海がいて助かったと思った。これで棘棗を追い返せる。さらに言えば、これは七海をも家に返す絶好のチャンスではないかとすら思った。一つの危機を使って二つの危機を撃破する、そんなことを夢想したりもした。

「夜分遅くすみません。棘棗です。架空防衛大臣にお会いしにきました」

思ったよりずっと普通の人が、家の玄関に現れて言った。口紅を引いた大人っぽい、髪の長い美人だった。薄汚れ、服の肩部分に男性のものと思われる足跡をつけているが、至って普通。何カ所か破れたぴったりしたジーンズを穿いていた。

正直に言えばかなり無理矢理なミニスカートや横縞のパンツ、あるいはガラス面にはりついたりする人より、全然好感のもてる普通の人だった。

が。外見についての感想の前に、架空防衛大臣の架空あたりで翼は悲鳴のような大声をかぶせて、家人や七海に己の正体がばれぬようにしていた。とっさの反応だった。手を振って、棘棗を制する。

「ああ、いや、その格好は大丈夫ですか」

「……あ。格好、ですか。あ、はい。外は、デモが暴徒化してひどい有様です。消防や救急はともかく、警察も動いてないみたいで」

「……なんだって」

ゆっくりと愛国心が動き出すのを、翼は感じた。

愛国心は背伸びしてあくびしている。次の瞬間には敵をもとめて、家から飛び出しそうな勢い。

「すみません。それで、大久保通りを横切って来るのに時間がかかりました」

「若い女性がなんでそんな無茶を」

翼はそこまで言いかけて、背に突き立てられる視線に気づいた。幼なじみがゆっくりと階段を下りてきている。一方で愛国心は準備運動に余念がない。前門の愛国心、後門の七海だ。翼はうめいた。

そして肩を落とした。

「いいからあがってください」

翼は口から悲鳴の残滓《ざんし》のようなものを垂れ流しながらそう言った。

そして今、七海、棘棗、自分という三角形で自室に座っている。

全員正座だった。翼は自分が記憶喪失になったような気分になり、どうしたの、何が起きているの？　と考えた。考えたが、何も起きなかった。

気まずい沈黙。さらに一分。もはやこれ以上は無理であると、正座する翼は、耐えかねて口を開いた。正直なところ、ずっと耐えかねていた。

「えーと。この人はネット上の知りあいで」

「棘棗です」

少々薄汚れたジーンズ姿の美人が、正座したままそう言った。

「あ、そう」

七海の言葉は、氷点下より冷たい。

もう駄目だと翼は思った。

「翼Pを支えることを生き甲斐にしています」

棘棗は正座したたま、背筋を伸ばしてそう言った。翼はまたも鼻水が出かけるかと思った。

いや、ちょっと出たかも知れない。

「いやあの、誤解を招くんじゃないかな」

「事実ですので」

「事実じゃないだろ」

翼は棘棗にそう言って、言い訳するように七海を見た。

「はじめて会う人だからね」

「現実では、はじめてです」

棘棗はそう言った。翼は生まれてはじめて女性をにらんだ。

「なるほど。そのはじめて会う人が、なんでこちらにいらしたんですか」

七海はそう言った。落ち着いている風にも見えたが、いや、心は荒れ狂っているなと翼は感じた。むしろ今日が僕の命日かもしれない。いや、たぶん命日だ。

「じゃ、今日はそういうことで。解散」

翼はそう言った。場は静かになった。結構本気の人払いだったのだが、まったく全然役に立たなかったようだった。

翼はどうしようと思う。まったく遊んだことがないのだが、恋愛ゲームの一つも遊んでいたらこういうときの脱出法が書いてあったのかも知れないとあらぬことまで考えた。

「もう一度聞きます。それで、現実にははじめて会う人が、私の幼なじみになんのご用でしょう」

七海は静かに言った。

正面から棘棗は見返した。部屋の主なのに、翼は空気のようになっていた。いや、いっそこのまま空気として透明になりたい。

「心配になったんです。失礼」

突然棘棗は翼の腕を取った。予想外の展開に目を見開く翼。髪の毛を逆立てる七海。

棘棗は翼の腕を摑んだまま。翼は凍ったように身動きがとれない。棘棗は翼を見つめた。

「強化現実眼鏡は……装着しないでも騒いだりしていませんね」

棘棗はそう言った。

「腕は……」

棘棗の腕が振り払われる。七海だった。七海が翼の腕と体を奪還し、抱きしめた。

「なんなんですか貴方は」

「翼P、大丈夫ですか」

「大丈夫の定義による。一体なんなんだ。ちょっと変どころの話じゃない、説明してくれ」

あまりの異常事態に、一周回って冷静になった翼はそう言った。とはいえ七海にぬいぐるみのごとく引っ張られて抱きしめられているので、威厳らしきものはまるでない。

「触られて、どうでしたか。無感動だったりしませんか」

「現在進行形で衝撃だったよ。だからなんなんだ」

棘棗は翼の質問には答えず、良かったとつぶやき、ついで涙を見せた。顔を覆って泣きはじめる。

翼はああ、この辺のぶっ飛んだ説明不足感は確かに棘棗さんだなと思いつつ、結局何一つ明かされない事態に呆然とした。バーセイバーさんの助言がほしいところだった。いつのまにか抱きしめられていた腕が離されていたが、翼はそのことには気づかなかった。

*

二三時。大輔は子供たちが妖精たちと戯《たわむ》れている横で不安げにスマートフォンを見つめていた。

状況は、悪化している。事態は大久保、神田川の向こうだけの話ではなくなりつつある。

こちら側の東中野方面まで飛び火している。

現実問題としてこのビルにしても一階は破壊されて火までつけられている。しかも警察は寄ってこない。無政府状態だ。

苦虫を噛み潰したような顔で窓の外を見る大輔。まだ包囲されている。包囲している人間はこちらをちらちらと見ている。このビルの何が人を引きつけるのだろうかと、大輔は思った。

子供たちが袖を引っ張って笑いかけてくる。大輔は笑った。

身振り手振りでのコミュニケーション。子供たちは口に手をあてながら、そーと、そーとねと言いながら頭の上からものを持ち上げてと頼んできた。大輔は両手を使い、頭の上から何かを降ろすジェスチャーをした。

喜ぶ子供たち。大輔がジェスチャーをしたあたりを見て微笑んでいる。

大輔は思い当たってスマートフォンごしに強化現実を見た。大輔は寝ている妖精を一匹、それと知らずに頭の上から降ろしたようだった。なるほど。

三秒考える大輔。

あわてて部屋を飛び出して階段を駆け下りた。中国人ホステスやパキスタン人のバーテンダーがびっくりしている。

大輔はスマートフォンを取り出して自分のビルにかざしてみる。

誰が埋め込んだのか、住民構成が仮想タグとしてはりつけられていた。

こんなものをつけられていたら、殺してくださいという札を首から下げているようなものだ。大輔はバイトの要領で仮想タグを消去した。先輩の言うとおりだと思った。消した後、周囲を取り囲む奴らに怒鳴る。だから俺は日本人だと言ってるだろうがと。怒るよりも怖かったというのが心境だったが、怒鳴ってみせる。ひるんだと見るや怒鳴り続けた。

怒鳴り続けることでビルを包囲していた人間が離れていった。

声がしわがれた気がして、たまらんなと大輔は思う。大久保方面の空を見上げる。大久保は真っ赤に燃えている。

火をつけられた所にも、悪性タグがあったんじゃなかろうか。だとしたら、日本人とか、外国人とかの話じゃない。

＊

自室。真澄はタグを外す方法を強化現実眼鏡からネット検索して調べていたが、手がかりになるようなものは何もなかった。

皆困っていないのかと思いながら、キーワードを変えて消す方法を探す。やはりない。

真澄は急に何もかもが怖くなりかける。心臓が変な音を立てている。

こんなタグをぶら下げて今後生きていくのかと考えるだけでおぞましかった。悲鳴を上げそうになる。耐える。体が無意識に上下している。

警察に電話しようかと考える。電話しようと思うまでに随分時間がかかったが、電話した。

警察に訴えかけるも、一一〇番の内容ではないと一蹴される。それどころではないとも。真澄は狂いそうになる。遠山翔か、遠山翔が悪いのか。

そういえば、奴は授業中強化現実眼鏡をつけていた。真澄は過去を都合良く思い出しながらそう思う。私を見て笑っていたんだ。泣くほどに。そう思うと殺意がわいた。そういえば卒業式の日、国家斉唱で起立しないように〝お願い〟をしていたのにもかかわらず、翔とその取り巻きどもだけは無視して起立していたことも思い出した。真澄は世界の真理にたどり着いた気分になる。あいつが全部悪い。

机を何度も叩き、気分が落ち着くまで、血が手から流れるまで何度も叩く。憎い。

天井を見て息を止める真澄。目は血走っている。組合に訴えたらタグを削除できるだろうか。きっと同じようなことで困っている教師は多いはずだ。

そう思うと、落ち着ける気がした。脈打つような痛みを覚えて手を押さえた。ズキズキする。

でも、と真澄は思う。ならばなぜ、他の教師は自分に警告しなかったんだろう。手の痛みがだんだん激しくなる。真澄の息が荒くなる。あいつらも翔の仲間だとしたらどうだろう。校長のように。

真澄は本格的に笑い出した。何もかも理解した気になった。

自分がおかしくなってしまった自覚はある。自覚はあるが、止められない。

真澄は発作的に包丁を持って外に飛び出した。翔の家は家庭訪問をしたことがあるので覚えている。間違っても職務質問されぬように落ち着いて歩いた。包丁はバッグに隠す。あちこちで火事が起きている。そんなことには心動かされず、真澄は無視した。クソガキめ、クソガキめと口の中でつぶやいた。早歩きになる。

＊

田中翼は自室にて、ジーンズ姿の棘棗の扱いに困っていた。

姿は普通だったが棘棗は棘棗だった。当然といえば当然だが、翼は参った。いにしえのフリーセルというトランプゲームを一日やっていようかという程度には参っていた。

「えーと」

それでも何か言わないといけない。なにを言っても駄目な気がしながら、翼は言葉を考えた。

「つまりなんなんだろう。僕が腕掴まれると無関心がだからどうしたって?」

「なんで浮き足立ってるの?」

七海は静かに言った。やっぱり何を言っても駄目だったかと翼は肩を落とした。絶望感は半端ない。

七海に何か言おうとしている間に、棘棗が小さく鼻をすすりあげて口を開いた。

「幼い頃から……強化現実に親しみすぎると……発達障害とか……怖くて……翼Pが病気だったらどうしようとか……そうしたらもういてもたっても……だから」

「力一杯僕は大丈夫だから」

棘棗は泣きながらうなずいた。良かったですと言った。

僕は良くないぞと、ひきつった顔のまま翼は思った。棘棗の姿を見る。破れたジーンズはファッションと言えなくもないが、肩についた足跡は、どう考えても普通ではつかない。

「あー。えーと、まあ、それは分かったことにしよう。次だ。外で何が起きてるんだい。ただごとじゃない気がするが」

涙も拭かず、びっくりした顔で棘棗は翼を見た。翼は発作的に七海を見た。七海は顔を横にした。つらそうに。

「私、帰るね」

七海が席を立った。ちょ、おま、と言いかけ、泣きながらびっくりしている棘棗をちらりと見た後、翼はあわてて七海を追いかけた。

「いきなりなんなんだよ」

階段で捕まえ、七海の腕を摑んで翼は言った。

「もう夜遅いし」

振り返らず、七海はそう言った。

「あの、七海さん？」

「どうせ外に飛び出していくんでしょ」

「僕はそんなキャラでしたっけ」

翼の間抜けな質問に七海は黙った後、肩をあげて涙を我慢して、口を開いた。

「翼、泣いてるあの人見て優しい顔してた。だから……バイバイ」

振り返り、七海は涙目を見せた。翼は腕に力を入れて七海の手を捕まえた。肩を抱くあたりがベストだった気もするが、自分としてはこれでもよくやったと思った。

「まて、落ち着け。泣いてる人見て笑ったり怒ったりしないから普通」

「あんな顔私にしか向けないと思ってた」

どんな顔をしていたんだ僕は。自分の想像では顔はひきつって鼻水でていたと思うんだが。

上を見る翼。いや、ここは表情の話をするターンではない。深呼吸。

「来年言いなおす予定だったけど、ここで言う。僕は七海一筋だ。君が好きだ。というか、他は知らないし、好奇心もない。それでいいと心から思っている」

「でも、すごい美人じゃない。髪長いけど」

「髪が長いのがどうしたっていうんだ」

翼はなぜかにらまれた。にらまれた理由が翼には分からない。

「髪が短いのが好きだって言ってたじゃない……」

「いや、それは」

順序が逆だと翼は言った。大昔、小学生の頃、当時も元気で毎日夏休みのプールに行っていた七海の髪がひどく傷み、それで髪を短くしたことがあった。それを恥じる七海にかつての自分は言ったのだった。髪が短い方が好きだと。だから、順序は逆だ。翼は引っかかりながらも、そこは重要なのでしっかり解説した。

七海は話を聞いた後、綺麗な涙を落としながら言った。

「なによそれ、私、ずっと髪のばしたいと思ってた。バカみたいじゃない」

七海は走って外に逃げた。涙に呆然として翼は追いかけ損ねた。

七海は自分が言った一言に何年も縛られていたのかと思うと、それがショックで仕方なかった。

第四章　始まりの終わり

大輔《だいすけ》は用心して悪性タグが残ってないか焼け跡を調べていた。

天誅だのなんだの書かれたタグは無視して、ビルを攻撃目標にしてしまいそうな情報が載せられたタグだけを削除して回った。

見なければいいじゃんなんてものの話ではない。いにしえのインターネット時代の規制では確かに駄目だと大輔は思った。強化現実は、探さなければ見つからない情報ではないのだ。

にもかかわらず、企業は便利にすることしか考えておらず、政治は古い規則でどうにかしようとしている。

この状況を許す気には全然ならないが、日本大好きオタクどもにも、一分の理はあったわけだ。それを支持する連中がいたのも、今なら理解できる。確かに、そうだ。

ため息をつく。事件が起きてあたふたしている自分は、彼らより優れているなんてとても言えない。見下していた自分の間抜けを思うと、赤面どころじゃない。彼らは事件が起きる前に行動はしていた。自分はアルバイトしかやっていなかった。

行き場のない怒りに焼けた壁を蹴る。

警察は、警察はどこだ。なんで警察は来ない。足止めを受けていた消防や救急はどこに行った。ここの住民の大半が消費税しか払っていないにしても、ちょっとひどいんじゃないか。

イライラする。割れて下に落ちたガラスを必要以上に踏みつける。日本は本当にどうしちまったんだ。

騒ぎの中心は駅の方へ向かったのか、人通りは随分少なくなっていた。

怒りを腹の底にためたまま、裏に回ってアパートに戻ろうと思ったところで、目を剝く。まさかのこんな状況でこんな時間に、小学生とおぼしき少女が、ビルの前の道を威勢よく走っている。

＊

翔《しょう》は強化現実のサッカー選手と妖精を引き連れて、大久保通りに入った。現実の人間には見つからないよう、隠れながら歩いた。小さいので隠れる場所には事欠かなかったが、時間はかなりかかった。

数日前に悪性タグを退治したはずの大久保通りは、見る影もないほど無惨に破壊されている。翔は物陰から、母がいるかも知れないコンビニを探した。あがる炎を見て息を呑む。コンビニは焼け、中は略奪されていた。

母がいたらと、翔は体が震えそうになる。目をこらす、しっかり見る。見ようと思うが、涙がでる。

いろんな食べ物が焼ける臭い。文房具やストッキング、雑誌だって燃えている。それらがまざって立ち昇る異臭が、翔の鼻腔をひどく刺激した。涙と咳が止まらなくなる。母がいつも持たせたがるハンカチを、この夜ほど必要としたことはない。

翔は母にしがみつきたいと思いながら、熱風と煙と涙で視界がぼやける中、強化現実で建物や落ちている物の輪郭を強調表示し、母を捜した。

幸い倒れている人はおらず、それでようやく、離れる気になった。

強化現実眼鏡を操作。風を表示し、翔は煙と熱風の中、風上に向かって歩き出す。

訳が分からない。架空政府は？　架空軍はどこに行ったんだろう。現実の政府は？　翼Pは……そして、お父さんは……？

コンビニは何軒かある。スーパーも。翔は泣きたくなった。お母さんはどうしたんだろう。

気づけばコールがいくつも入っている。一番最近呼び出されたコールに、翔は折り返しのコールをいれた。凜《りん》と妖精《ようせい》が表示された。二人は翔の周囲を見てひどく驚いている。

「あんた、なんてところにいるのよ!」

驚くのも一瞬、即座に凜が怒鳴った。強化現実上の凜の両手が、翔の顔を突き抜けていく。殴りたかったのか、それとも別の何かだったのかは分からない。

「お母さんがいなくて……」

翔は泣きそうな顔の凜に言った。

「こっちはあんたがいなくて大騒ぎしてる! 妖精なんかあんたの家に向かってるんだからね!」

「ああいや、兄者も一緒でござる」

妖精はそう言った後、心配そうに翔を見た。口を開いて優しい言葉遣い。

「汚れているでござるよ。早く、こっちに。避難所に」

「避難所?」

「校長先生が開いたの。校長先生は架空軍の大佐だったのよ」

興奮したまま凜が言った。

「あ、うん」

「あ、うんじゃない。そっち、今どこ」

「今、大久保通りの……ローソン」

「今すぐ行くから待ってて」

「待たれよ！　高波《たかなみ》さんだけでは！」

口調はさておき妖精が常識的に一番正しいことを言った。

「うっさい！」

常識的に一番正しいことを一喝し、稟が勝手に回線から退席する。翔は呆然とした後、
た、大変だと妖精を見た。

「妖精、今すぐ稟を止めるんだ」

「それはその通りなんでござるが、なにせ拙者の現実は翔どのの家の前で、避難所からは
五〇〇mほど離れており」

「ここ危ないって！」

「今すぐ兄者とそっち向かうでござる」

「ばかお前も危ない！」

「まだ高校生がいるぶん安全でござる」

通話は切れた。翔は左右を見渡した。目つきからして危なそうな男たちが獲物を探すよ
うに道を歩いている。

この日何度めかの息をのんだ後、どうしようと考えた。

どうしようもなさそうだった。

＊

今どうしているかと言えば、田中翼《たなかつばさ》は私事ながら人生最大のピンチの中にいた。よかれと思って言った自分の些細な一言に、幼なじみが何年も縛られていたことがショックだったし、背後の部屋では半分知らない女の人が自分のために泣いているということも、ショックだった。

もうなんというか、布団に入って今日は寝ようかという状況だったが、そんなことが出来る状況でも性格でもなく、だから翼は玄関と二階の自室の間、二つを繋ぐ階段の途上で呆然としていた。

唸り声が聞こえる。愛国心という名前の獣が、戦闘態勢に入りつつある。瞳が金色に光っている。今、牙を見せた。この国が、日本がよくない状況にある。日本の敵を食い殺せ、国家太平の敵を肉球の下に踏みつぶせと言っている。

でも翼は動けない。中二病の妄想では、思春期にかかる少年の病のような低度の愛国心では、青年の翼はもう動かない。動けなかった。

だって七海《ななみ》が泣いている。

後ろから物音。棘棗《とげなつめ》が、翼の副官が這って階段まで来ていた。正座のせいか、脚が痺れていたようだった。

「あなたが正気だということは納得出来ました。だから、指示を、指示をください。翼P」

震える、小さな声だった。翼は振り向かない。ただ誰もいなくなった玄関を見た。二日連続で七海を泣かせたとそればかりを考えている。ああもう、唸り声がうるさい。

「私、一生懸命がんばりますから、だから……今大久保大変で、首相とか連絡とれなくて。皆、困ってて……陸軍大将は勝手に行動していてもう、訳が分からなくなっていて……」

棘棗の涙が落ちる音が聞こえてきそう。

そっと差し出された強化現実眼鏡を棘棗の手ごと握り、翼は三秒考えた。結局現実と折り合いをつけるしかないのだと自分で言っていたことを思い出した。

「この強化現実眼鏡は僕のじゃない。棘棗さんのじゃないか」

「部屋には翼Pのが、見あたらなくて」

棘棗は、恥入るように言った。

翼はしばらく考えた後、優しく言った。

「僕は、新田七海を愛している。だから、君の心には応えられない」

棘棗は小さくうなずいた。

「知っています。すみません」

翼は棘棗の強化現実眼鏡を受け取った。

「予備電池はあるかい」

「はい」

「あとで家まで送るよ」

「この国は……」

「守るよ」

翼は静かにそう言った。

＊

大輔は、こういう場合は男が悪いのかと二秒考えた後、結論が出る前に少女を追いかけてビルを飛び出した。少女を見た直後口から何か叫んでいたが、内容については把握していない。うわーかうおーだったろうとは、思う。あるいは危ないだろうか。

何にせよ結論はともかく飛び出したのは自分にしてはいい判断だと、思いはした。なにせ、どんないい結論が出ても追いつけなければ意味がないし、この情勢で見失ったら、二度と見つけきれない気がした。

思えば、やまない泣き声に耐えかねて三階に怒鳴りこんでからこっち、タガが外れたように人を助けているな。ほどほどにしとけよと自分でも思いはするが、だからといって見かけた以上仕方ない。

あるいはこうちらりと考える。この国が正義を守らないとしても、俺は違うぞ、と。

大輔の声になぜか大輔の部屋にいたパキスタン人のバーテンダーが顔を出した。フィリピン人を母に持つ子供たちもいる。

「待て、危ない！」

大輔はバーテンダーと走り去る少女の双方を見た後、バーテンダーに俺の自転車を落としてくれ、はやく、と言った。

バーテンダーはいいのか本当にという顔をしたが、日本語で確認をするには彼には語学力がなかった。それで言われたとおり折りたたみ自転車を五階から投げ落とした。いくら四kgを切る軽量自転車とはいえ無茶をするとは自分でも思う。だが大輔はこの時これしかないと思っていた。

親指をぶつけて激しい痛みを覚えつつも、自転車のキャッチに大成功。大輔は助走二歩で勢いよく自転車にまたがり間に合え、間に合えと連呼しながら少女を追って自転車を漕いだ。

＊

翔は燃えて異臭のするコンビニ前から離れられないでいる。時間の進みが遅い。まだ五分。

もう五分待って臭いに耐えかね、自分から稟の元へ行こうとも思ったが、行き違いだってありうると思い直し、結局その場で稟と妖精にコールし続けている。

連絡が取れるまでは身動きがとれない。燃えるコンビニの倒れたゴミ箱の近くでしゃがみ込んだ翔は、たまに肩に落ちる火の粉を払いながら無事であってくれと願った。

火事のせいか、人の数はずいぶん減っている。ついていけなくて脱落したか、略奪品を持って帰ったか。あるいは獲物を探して散ったのか。一番ありそうなのは獲物を探して散っている、だった。どこからか聞こえる、外国人を殺せ、日本を取り戻せという声が、どこか自分の声のようにも聞こえて、翔は耳を塞《ふさ》いで座り込んでしまった。

こんなのイヤだよ。

こんなことをお父さんは許しているんだろうか。電話に出ないで、無視して別のことをやっているんだろうか。

翼Pは？　架空軍の皆は許しているんだろうか。架空防衛大臣は何を守っているの？

翔はぐるぐると思う。大久保は火の海だ。お母さんは無事だろうか。無事じゃないんじゃないかと思うと、心がひどく乱れた。

「翔、しょーう」

耳を塞いでいる状況でも自分の名を呼ぶ声がはっきり聞こえる。どれだけの大声なんだと顔をあげる。東中野側から坂道を上って走ってくる幼なじみが見えた。立ち上がる。追われてる。徒歩で棒を持った連中に自転車に乗った奴までいる。

凜は日本人だと言いかけて、翔は言葉の無意味を知った。追いかけている連中は日本人には見えなかった。復讐する相手を捜していたのかもしれなかった。

翔は凜が怪我したら嫌だと半分泣きながら彼女の元へ走った。合流。手を繋ぐ。しっかり繋ぐ。そして脇道の、延焼しはじめた教会の角に飛び込んだ。凜の脚がもつれる。翔は凜と一緒に転んだ。とっさについた手が痛い。すりむいたか。それどころじゃないと凜を守るように動いた。申し訳なさで一杯だった。

直後に自転車が人を轢《ひ》く。棒を持った男たち、血走った目の男たちに自転車に乗った若い男が体当たりしている。

自転車がひっくり返ったが乗っていた若い男は自転車の尻をひっつかんで振り回して一人殴り倒した。叫んでいる。翔は凜の手を強く握ってこっち、早くと、この場の味方であるとおぼしき、自転車の男に声をかけた。

棒を持っている方が人数は多い。逃げる方がよさそうだった。

*

遠く彼を呼ぶ声が聞こえる。翼の助けを求める沢山の声。無数の声。声援。沢山の声援。

無数の声援。

それは錯覚かもしれないが、翼はゆっくり頭を振った。錯覚ではない。眼鏡を外しているから聞こえなかっただけで、それはいつもあったのだ。彼の心の中で唸りをあげ臨戦態勢に入っている獣のように。

数えるように新しい充電池に交換。予備電池をポケットに入れた。この空の守りの準備はそれだけ。それで十分。

翼はゆっくりと棘棗の強化現実眼鏡をつけた。

各種情報画面が一斉表示され、彼の現実は拡張される。一〇〇m先、二〇〇m先、もっと遠く。東京一円を遙か一跨《また》ぎ、どこまでも遠く、静止衛星群のある二万三〇〇〇㎞先を網羅して、月まで届きそうな人の作った情報網、その全部まで現実を拡張して、翼はゆっくり階段を下りた。

階段を下りた遠くまで、翼の名を呼ぶ無数の人々の声が表示されている。彼に指示を仰ごうという架空軍の将兵たちの名前だった。

翼はこの空のまもりとして軽やかに歩き出した。

どうせ外に飛び出していくんでしょと言っていた七海の言葉を思い出す。

確かにそのとおりだ。僕は家から飛び出している。

顔をあげて強化現実で繋がった先の人々に声をかけた。

「おまたせしました」

優しく言った。

「そしてもう、待たせません。二度と」

翼が最初にやったことは自分の存在を明らかにすることだった。

普段は隠している自分の現実の位置を知らせながら、架空防衛大臣の健在をアピールした。

短いような長いような二〇秒。翼のかけた声は何倍にもなって返ってきた。

お帰りなさい、待っていましたと。

――翼P復帰。オンステージ！

続いて、それが何よりも重要な情報であるように、架空防衛大臣健在の報が架空軍の中を行き渡った。

――翼Pが自身のGPS座標暴露した。翼P大久保なう！

――翼P大久保に立った！

――千両！千両！千両！千両！

――うわ大久保のまんなかじゃないか。

――現地で指揮するために移動してたか。

勝手な感想が広がっていく。広がりながら、多くの架空軍所属の将兵はスニーカーに、ブーツに、下駄にその足をつっこんだ。胸一杯に息を吸ってドアを開けた。

——おまたせしました。そしてもう、待たせません。二度と。

続いてその言葉がコピーされて拡散された。無数の改変コピペを生みながら、その言葉は将兵に、長く息を止めていた時に吸った新鮮な空気のように熱をもって迎え入れられた。

大歓声が聞こえる。まずは強化現実で。続いて現実で。ワールドカップで日本代表が得点した時のように野太いような、か細い悲鳴のような、いくつもの歓声が、地鳴りのようにあちこちから聞こえはじめていた。

架空軍所属の将兵は家を、職場を飛び出した。赤く燃える大久保を見あげ、次にこの空のまもりが誰かを思いだした。この空のまもりは自分たちであると。

＊

よく分からない言葉でわめきながら、棒を持った男たちが少女を追いかけている。

立ち上がり、全力で自転車を漕ぎながら、こいつはお話の中でしかないシチュエーションだなと大輔は思った。リアリティがなさすぎて、かえって冷静になれている。現実が壊れてファンタジーになっている。

距離が縮まる。大輔は明日の筋肉痛も無視して全力を出した。声が間近に聞こえる。

中国語か韓国語かタイ語かよく分からないが、おおよそ復讐という意味で叫んでいるんだろうと思う。言葉が通じなくても、本気で言えば意味は伝わるものだなと思った。

目があう。男たちの一部がぎょっとしている。大輔は歯を見せて笑った。そのまま自転車で轢いた。一人を派手に倒した。つんのめる。予想していたので後ろに飛んだ。飛びながら自転車の荷台を掴んで派手に振り回した。もう一人の頭に当たった。自転車の前輪が派手にひん曲がった。あと三人。奇襲効果はもはやない。大声で威嚇して数の劣勢をどうにかしようとした。

「復讐かなんかのつもりかもしれないが、そりゃお門違いだろうが！」

そのまま叫んで闇雲に自転車を振った。少女が逃げ出す時間稼ぎのつもりだったが、いつのまにか現れていた少年にこっちと声をかけられた。どこにいたんだと思うまもなく、自転車を投げつけ、少年少女について路地裏に逃げ込んだ。

裏道は複雑であちこちが焼けたり車がひっくり返ったりで、いつ行き止まりに突き当たってもよさそうだったが、どうにか逃げおおせることが出来た。

出来はしたが、息が切れた。自転車壊したな、明日からどうしようと思いながら大輔は肩で息をする。背を曲げ、膝に手をついて休んだ。少年少女も、同じく肩で息をしている。

大輔は目に汗が入ると手の甲で拭い、目をしばたたかせて、うまく逃げることが出来たな、おいと言った。

少年少女に変な顔をされている。

大輔は日本語通じないのかと思ったが、そういう訳でもなさそうだった。弟に見える少年のほうが、自身にかけている強化現実眼鏡のフレームを指で押した。大輔はそれでだいたいのことを理解した。リアルタイムで道の状況を教え、裏道をナビするアプリかなにかが入っているに違いない。

そんな便利なものがあったのか。そりゃ先輩だって昼間見た美人だって、強化現実眼鏡をかけるだろうさと考えた。

なんとかしゃべることが出来る状況まで回復する。周囲は街灯すら壊れていて、大輔のスマートフォンが唯一の明かりという状況だった。

「凄い、なんというか適切な案内だったな。どんなアプリだ」

「あ、いえ、仮想タグ見ながら走っただけです。行き止まりとかは、架空軍の誰かがタグをはりつけてくれていたみたいなんで」

架空軍と聞いて大輔は嫌な顔をする。少年少女が怪訝《けげん》な顔をしているので、気を取り直して口を開いた。事情を話すのも面倒くさいし、彼らと比べて自分が上等なのかも、ちょっと自信はない。

「君たちの名前は？　それと、なんでこんなところに。あー。俺はその、三浦大輔《みうらだいすけ》、近所の大学生、君たちを見て危ないと思ってあわてて自転車を漕いできた哀れな男さ」

大輔はなるべく気楽に聞こえるようにそう言うと、二人を観察した。少年の方は趣味サッカーという感じだが、髪が短く逆立ってるくらいしかその根拠がない。薄汚れているのは他と同様だが、服の一部が焦げている。少年とはいえ、肩は細く、どうかすれば女性より華奢《きやしゃ》に見える。

少女の方は少年よりも体格はいい。ジーンズ姿にシャツも厚手で軍手をつけている。完全装備。髪が短ければ少年かと思ったかもしれない。

まあどちらにしても、大輔は走ってきてよかったと思った。この子たちが死んでたりしたら、夢見が悪すぎる。日本はどうだが知らないが、俺はいい人ぶってやるぞと、改めて思った。

少年少女が互いに目配せしている。少年が一歩前に出た。

「僕は、遠山翔《とおやましょう》」

その後ろの少女が、大輔を静かに観察しながら言った。

「私は高波凜《たかなみりん》」

「なるほど。そっちの成長途上が遠山くんで、大久保通りを爆走していたのが高波さんね。で。だからなんでこんなところに」

遠山少年の瞳が翳《かげ》った。すぐに大輔を見る。目がどこか潤んでいる。

「お母さんがいなくて。ずっと帰ってこなくて」

「私はこのバカを避難所に連れ戻しに」

少女は胸を張って言った。大輔はだいたい人間関係を把握した。

「避難所なんてものまであるのか」

陸の孤島のようなアパートのビルにいた間に、状況は随分変わっているようだ。警察の姿も見ないし、無政府状態が暴動を激しくしているのかも知れない。大輔は考えながら口を開く。

「あーその避難所は、外国人とか行っても安全かな。いや、俺の知り合いが外国人でね」

遠山少年は答えを知らないのか、少女の方を見る。

高波稟と名乗った少女は、すぐに少年にうなずいた。

「分かりません。避難所ではいろんな噂をみんながしています。外国人が襲いだしたのが最初だとか、デモ参加者に外国人が復讐しようとしてるとか、そういうことを言ってる人もいました」

じゃあ外国人はどこに避難すればいいんだ。死ねってか。大輔は発作的にそう言い返しそうになって、深呼吸した。少女は質問に正直に答えただけだ。キレる相手も間違ってる。落ち着けよ、俺。

「ありがとう」

大輔は随分かかってそうお礼を言った後、少女を見直す。

「たいしたもんだ、冷静な物の見方だな。俺がガキの時は、幼なじみが欲しいくらいしか思ったことがなかった」

「はあ……」

高波稟はなんとも言えない顔をしている。なんと反応していいのか、困っているようだった。大輔は頭をかいた。

「あー、まあとにかくありがとう」

作戦を練る。少年の母を探してやりたい気もするが、現状は治安が悪すぎてとてもじゃないが手に余る。なので現在位置次第だが、アパートから離れすぎているようならまず、避難所とやらにこの子たちを送り届けよう。アパートの悪性タグはひっぺがしているから、当面安全だと思いたい。

普段の何気ない生活、警察や消防、救急が機能していることはありがたいことだったんだなあ。

警察の無駄遣いが多いと、去年の都知事選で候補者が世間の敵のように怒鳴っていたことを不意に思い出した。結局その候補者は大差で勝利したが、予算削った結果がこれならたまらんな。

俺たちは自分の入る墓穴を、せっせと自分で掘っていたんだろうか。

＊

翔は、三浦大輔と名乗るおじさんが考えごとをしている姿をじっと見ていた。肩をつかれる。稟が自分を見ている。

翔はすぐに気づいた。強化現実眼鏡上に速報が流れている。

#ぽーん　翼Pが復帰しました。現在大久保にオンステージ。

翔は目を剝いた。

「復帰って、翼P行方不明だったの？」

「連絡取れなかったみたい。首相もそうだって」

「なんで……」

翔はそう言ったあとで黙った。やりきれない気持ちになる。お父さんや、架空政府首相や架空防衛大臣の行方不明がなかったら、こんな事態にならなかったのではないか。

「分からない。分からないよ。そんなの」

稟も同じことを思っていたのか、いらいらした感じで応えた。強化現実眼鏡の耳にかかる部分を押さえ、声を出す。

「妖精、聞こえる？　こっちは翔と合流出来た。もう大丈夫」

翔にも見えるかたちで汗をかく現実の方の妖精が表示された。いろんな妖精がその背を押している。

「こちらもすぐそちらにつくかと。正確な場所を教えていただきたく。あと遠山どのをしかりたいと兄者が申しております」

腕まくりするように笑う稟。

「よーし、しかってあげて。もう二度と私のそばから離れたりしないように。ちなみに妖精のお兄さんってどんな人なの？」

妖精は微笑んだ。

「えっへんあっぱれ架空軍陸軍にあってパトロール隊を一つ任せられており、それはもう悪性タグをちぎっては投げちぎっては投げ」

「しかるのはいいけど、あんまりしかりすぎないでね」

「乙女心でござるな」

「ばーか。とどめは私が、さすの。ちゃんと伝えておいて」

「ははー」

妖精は頭を下げた後、笑って消えた。彼も安心したようではあった。

＊

翼は棘棗の強化現実眼鏡の環境設定と自分が普段使う環境の違いに手を焼いていた。自分の強化現実眼鏡を使えばいいのだが、それはなぜか、できなかった。七海が片づけたせいかもしれないし、棘棗がこれを渡してくれたためかもしれなかった。

必要ならバックアップしてネットに保存してある自分の環境設定を呼び出そう。翼はそう思いながら、その暇も惜しんで指揮系統の立て直しのために各所に連絡を送った。

迅速に動いたのは空軍だった。翼は名誉挽回だなと微笑みながら、答えないだろうと思っていた陸軍大将が答えてきたのでびっくりした。

最優先で架空防衛陸軍大将新田《あらた》良太《りょうた》と会話する。

かつてニートだったと自称するスーツ姿の中年の男は、翼の目の前五mに立って皮肉そうに口を歪めている。

「元気そうでなによりです。大臣」

「そりゃどうも。君の方は、何を?」

翼の心の中で愛国心という名の獣が牙を見せて怒っている。分かっている。こいつは敵だ。僕たちの、そして僕の国の。食い殺さねば気が済まない。

新田良太は翼の心を知ろうともせず、口許をほころばせた。

「真の日本を、勝ち取るための活動を」

「貴方の言う真の日本とやらは、有史以来一度も達成されたことはないと思いますよ」

狩りに入った愛国心という名の獣と共に冷静に翼がそう言うと、新田良太は歯を見せて怒り、すぐに落ち着きを取り戻した。余裕たっぷりに髪をかきあげる。

「日本は蝕《むしば》まれている。韓国から、中国から、アメリカから、ロシアから、東南アジアから。彼らは同化もしようとせず、税金も払わず、国力の落ちた我が国の領土を四方からかすめ取ろうとしているだけでなく、内側から食い荒らそうとしている」

「話が長くなるようなら、終わったタイミングで教えてください。別のことやっていますので」

翼は静かにそう言った。人影にまかせようかとも思ったが、呼び出すためにはまず環境を切り替えないといけない。

「そんな態度だから！　今までうまくいっていなかったんだ！　この国も、架空政府も！」

「感嘆符ばかりの会話は程度を疑われますよ」

「話を聞け！」

「相手に話を聞かせるなら、自分が話を聞こうとしないと」

獣は巧妙に相手を追い詰めはじめている。獣と翼が一緒に放った言葉に、新田良太は地面を蹴り上げる。何を勘違いしたのか、不意に笑ってみせた。

「時間稼ぎのつもりですか。大臣」

「そういうつもりはないかな。貴方が話をするつもりになったということは、どうしようもなくうまくいっているか、うまくいってないかのどちらか両極端だ」

「そう、その通り。さすがですなあ。ニートながら大臣をやっているだけはある」

翼は笑いながら頭をかいた。獣が、愛国心の獣が大将の後ろに回り込んでいる。

「いや、正直に言うと頭の良さは関係なくてね。時代劇知ってるかい。冥土の土産ってやつなんだけど、様式美の一つとして、勝ったと思った悪役はべらべら自分のたくらみを話すんだよ。その後すぐに討たれるんだけど」

「黙れ。ニート」

「喋り出したのは貴方だ」

現実では傍らにいた棘棗がびっくりしている。自分の強化現実眼鏡を翼に貸しているせいで、大将とのやりとりを見ることが出来ていない。

翼は彼女に自分が怒っている姿を見せたことはなかったと思って苦笑した。ごめんね。僕は冷静に怒ってキレるタイプなんだよと目で語った。

「……まあいい。どっちみち、真の日本は姿を現す。勝負は決まった」

「どうだろう」

翼は微笑んで言った。獣は大きな口を開けているよ、大将。

「大臣。貴方がどう虚勢を張ろうが、無理だ」

新田良太は憐れむように言った。ひょっとして、万分の一の確率で、本気で憐れんでいるのかもしれなかった。頭を獣に食べられているのに。哀れな彼は、それに気づいていない。

「勝っても負けても、遺恨は残る。遺恨は憎しみの連鎖になり、憎しみの連鎖は日本を覆う。恨め、憎しみを持て外人ども、そうすればするほど真なる日本は目を覚ます。日本は外人どもを叩き出し、そうして……」

翼は新田良太の言葉の先を継いで言った。

「そうして国際社会から叩かれて孤立するわけだ。それで貧しくなっても我々には誇りがあると言う。その辺が君のプランの結論だよ」

「そうかも知れない。だが、だからどうしたんだ。我々の国土には日本人がいる。他に何がいるんだ。何を守るんだ」

「貧しくなれば国力が下がる。国力が下がれば侵略される。ただそれだけだよ」

「目覚めた次代の民衆は自らの手で銃を持ち、国土を守る！」

「で。金にあかして作った最新兵器に負けると。それと、君の計画するまどろっこしい手法なんか使わなくても、もう架空軍とか作って勝手にやってるから。どうぞお構いなく」

新田良太は既に翼の言葉を聞いていない。聞けば不愉快になるので話も聞かず自説を詩のように延々と朗読している。ネットの論争ってよくそうなるよねと翼は思いつつも、これまでの会話をネットに流しはじめている。最初からまともな口論など狙ってはいない。

新田良太の演説は続く。

「我々は独自開発した強化現実兵器によって警察の足止めをした。無政府状態を作り出した。これまで架空軍が削除した外人どもの情報を復活させ、翻訳してタグにしてはりつけ、民衆の蜂起を促《うなが》した」

「架空軍でも架空政府でもそんなものの開発を許可した覚えはないなあ」

「そうだ。貴様等は腰抜けだ。だから我々がやったのだ。便利だから安いからと国産の情報システムを使わずに強化現実に頼る警察は、見事に迷子になったり命令を間違えたり無様なものだった」

「なるほど。民衆の蜂起ですか。どうせ日本人の情報も親切に教えたりしてたんでしょ」

翼の言葉に、五秒考えて新田良太は笑ってみせた。

「……それがどうした。大義のために小悪をなしたまでだ。その程度の悪名、いくらでもこの新田良太がかぶってみせる」

翼はにっこり笑った。

狙っていたのは、犯罪告白と炎上だった。これもまた、よくあるネットの姿ではあった。時代は移ろい強化現実時代になっても、ほとんど変わらない。

翼が発信した情報は光ケーブルの速さで日本全国はおろか海外にも流れていった。

「だ。そうです」

「何を言っている？」

「すぐに分かりますよ。ああそうだ。元架空軍陸軍大将さん。元、とつけたのは貴方の行為は愛国でもなんでもないただの身勝手な犯罪だから即座に解任して警察に通報したからなんですけど、それはどうでもいいや。貴方はうまく隠しているつもりかも知れないが、我々もそこまでバカじゃない。実際のところ身辺調査くらいはね。貴方が二六歳の京都出身の工場労働者ということまでは分かっている。住基番号や本名については別途警察に届けるから、ちょっと待ってて欲しい。ああ。逃げようとしても無駄だと思う。京都駐屯部隊は優秀だから」

翼はそこまで言った後、少し考えて、口を開いた。愛国心の獣は既に大将を食べ終わって次の獲物を探している。

「それともう一つ言っておくけど。その新田良太という日本人傭兵の名前はご本人に悪いから、今後使うのはやめて欲しい。本人はいたって静かに暮らすことを望んでいる。じゃ」

翼はそう言ったあと、強化現実眼鏡の設定を一時的に変更していいかいと棘棗に言い、そのあとで微笑んで、怒りっぽくてごめんと謝った。

＊

大輔は休憩を挟んで、ようやく動けるようになった。

実際にはいますぐ布団に倒れ込みたいくらいだったが、状況はまだ、そんなことを許していないようだった。

やったという小さな声に目線を釣られる。傍《かたわ》らの少年少女がガッツポーズをしている。

「警察が動き出したのか」

「いえ」

「お母さんが無事とか」

「……いえ」

少年は下を見た。最近の若いのは分からんなと大輔は思った。

「じゃあ、なんだ」

「希望が見えました」

遠山少年は小さな声でそう言った。

「そのダサい眼鏡で？」

少年少女が少し微笑んだ。大輔は頭をかく。

「ま、それが何かは分からないが、見えないよりはいいかもな」

「はい」

いい笑顔だと大輔が誉める間もなく、懐中電灯を手に数名の太った男どもが走って近づいてきた。全員が強化現実眼鏡をかけている。

こいつらが希望かと大輔は思う。

なんだこいつら。いや、こいつらこそ日本大好きオタクども、ここを火の海にしたやつらじゃないか。

「妖精、それにパトロール隊の人たち……！」

「しかりにきたぞ」

パトロール隊のリーダーらしき男がそう言った。その後ろから同じく小太りの少年が顔を出して手を振っていた。

＊

「揃ったね」

妖精は何よりもそれが嬉しいことであるように、笑ってそう言った。

「うん」

翔が妖精の手を握って笑ってそう言った。

稟は無理矢理その中に入り、翔と妖精の手を取った。

「これでよし」

「うん」

「三人揃った！」

きっちり何十秒だか待ったあと、妖精の兄であるパトロール隊のリーダーが口を開いた。

「感動の再会はそれまでだ。けしからん。けしからんぞ遠山少年！　それと高波少女！　なぜこんな時間、こんなところに……」

小さく大輔が手をあげる。

「あー。一ついいか」

「あなたは？」

大輔は片方の眉を大いにあげながら口を開いた。

「この場の最年長とでも言っておこうか。いや、それはともかく高波少女という表現は日本語としておかしいから。それと、この子は母親を捜しに来ている、女の子の方は少年を捜しに来ていたんだ。怒らないでやってくれ」

「個人として理解はしている。だが危ないんだ」

パトロール隊のリーダーはそう言った。大輔は頷いて、だが言い返した。

「危ないけど、あんただって弟さんかな……その子をつれて走って来たんだろう。俺だって子供が追われていたから走って来た」

「助けてくれたんだ」

翔は横から言った。言ったあとで、ごめんなさいと頭をさげた。

パトロール隊と大輔は翔とお互いを見比べたあと、どっちが先にしゃべるか譲り合った。

大輔の方が負けた。この場では薄汚れている方に発言優先権が与えられるようだった。

大輔は注目を浴びながら頭をかく。

「まあ、その、だからな。こんな最低の夜だ。警察も消防も動いてはくれない。だから仕方ないだろう。ミスキャストでも。俺だって似合わないことをしている。おそらくは今日、皆が自分に似合わないことをやっている。でも似合ってなくても、どうしようもなくても、それでも自分でやるしかないんだ。だって警察も消防もいないんだから」

パトロール隊のリーダーは、妖精の頭をなでて口を開いた。

「それなら我々はずっと前からやってきた。この強化現実が無数にある空を、この空をまもってきた」

「だったら許してやれ」

「許しはしている。だが心配もしてるんだ。遠山少年、大佐も心配しておられる」

「校長……先生が」

翔はそう言った後、校長先生のことを考えた。優しそうで物静かな老先生。

「そうだ。俺たちも第四小学校アニメ同好会の出身だ。大佐は翼Pの直接指揮の元、状況を改善しようと最善の努力をしている」

パトロール隊のリーダーは、妖精の兄は微笑んで翔に最新情報を示すURLを教えた。

翔と稟は視界の端に、新たに教えられた情報を表示させて加えた。

沢山の仲間がいると、翔は目を見開いた。架空軍の部隊を示す緑の輝点が、千を超えて大久保近辺に表示されている。リアルタイムで続々と増えている。自分の存在すらもきちんと表示されていた。地図を縮小して都内全域を見れば、錦糸町や小岩あたりに展開していた緑の輝点が総武線に沿って続々と大久保に輸送されている状態が表示されている。

「大臣さえご無事ならな、我々には希望がある。お母さんのことは既に報告をしている。だから安心しろ」

＊

「あの」

棘棗は小さく翼に呼びかけた。

予備として持っていたのであろうスマートフォンを手にしている。これで翼を支援するつもりのようだった。

翼は何事もなかったかのように、強化現実眼鏡越しに棘棗を見た。

ゆっくり二人、歩き出している。

「なんだろう」

翼はそう言いながら、棘棗の強化現実眼鏡の環境設定を自分の環境設定に切り替えた。

環境設定はネットワーク上に存在しており、ダウンロード出来た。

見慣れた環境に切り替わるまで四〇秒。

「格好良かったです。すごく」

棘棗は恥入るように小さく言った。

「ああいや、ごめん。僕は腹が立つと頭から血が引くタイプなんだ。冷静に怒っていた。もっとイヤミじゃない方がよかったな。視聴者を味方にするんだったら」

「いえ、冷静なのが、よかったです。……すごく」

「その発想はなかった」

「それであの、どうされるんでしょうか」

翼は微笑んだ。

「ま、それについては今から考えるんだけどね」

棘棗が黙ったので翼は苦笑する。

「こいつは僕の父代わりの教えなんだけど、どんな作戦指揮においても部下に希望を持たせることが重要なんだって。希望がある限り、人は勇敢に戦うし、希望がある限りたとえニートにでもついてきてくれると」

翼は眼鏡の環境が切り替わるまでの残りの二〇秒を七海のために費やした。具体的には、いくら近所とはいえいつも心配なので、七海が家に無事に帰れているか確認する。

環境再構築の進行を示すバーを片目に通話モードを立ち上げる。先んじて翼の環境になった通話履歴には緊急で何件も首相他からコールがきていたが、翼は一旦無視した。

七海をコールする。返信なし。

七海の父に連絡。こちらは通じた。

「七海、家に帰ってますか」

「大丈夫だよ。もう寝るとか言って部屋に戻った」

七海の父はもう七〇近いせいか落ち着いたものだった。リビングで一人晩酌をしていた。TV代わりに強化現実眼鏡をかけている。

「すみませんでした。また泣かせてしまいました」

「青春だね。しかし、いつまでも青春が続くわけじゃない」

七海の父は静かに言った。思えば自分の父と同じかそれ以上に、父として役割を果たしてくれている人だった。翼は頭を下げながら言う。

「ええ。青春は今日あたりに終わらせるつもりです。明日には花束を持ってそちらに行きます。今日はすみませんでした」

翼は電話を切った。ため息をつくまでもなく流れるように優先順位三位に着手する。

翼の優先順位第一位。七海の安全確保。

同、優先順位第二位。七海の周辺環境の安全確保。

同、優先順位第三位。七海の住む東京の安全確保。

同、優先順位第四位。七海の住む日本の防衛。

これまで曖昧だったものに順列をつけて今より整然と行動しようと考えた。心の中ではもう一人の翼とも言える巨大な獣、愛国心が相棒をなじり、激しく唸っている。

七海の方が優先だ。翼は心の中の獣に語りかけた。

獣は丸い目を輝かせて牙を剥いている。全部をなげうってこの国を守れと言っているようだった。翼はいいやと呟いた。七海が優先だ。

これまでいくつもの敵をともに打ち倒してきた獣の巨大な前脚が翼を踏みつぶすように近づいて来ている。翼はそれを見据えている。獣と翼はにらみ合っている。

実際にはどれくらいの時間がかかっていたのか分からない。数秒だったのかも知れない。

獣は不意に消えた。翼は長く深いため息をついた。

あの獣もまた、強化現実だろうか。誰の心の中にもあるであろう、観念という名の現実の上にあるもの。

──環境の移行作業が終了しました。お帰りなさい。翼P
翼は歩きながら電子機器上の強化現実に妖精たちを呼び出した。羽のついた妖精たちはエージェントとして、通信回線を通じて各地に散った。

妖精の旅立ちを見送り、妖精でない故に散ることなく傍らに残った棘棗を見た。棘棗はどこか悲しげに小さく微笑み、うなずいて彼の副官を全《まっと》うしようとしている。

「棘棗さん、陸軍大将の身柄は？」

「現在、京都駐屯部隊と関西の陸軍翼Pファンクラブによって捕縛、京都府警に引き渡しています。警察署にはついていますから、そんなにはかからないでしょう」

「そのことを彼の部下に伝えてください。すぐに妨害行為をやめ、投降せよと」

「はい。あの彼らの身元も調べてあるとか言ってみたらどうでしょうか」

「そんな演出は必要ないよ。わざわざ脅さないでもいいんだ。ただ想像させるだけでいい」

棘棗は即座にスマートフォンを耳に当てて言われた通りにボイスコマンドを発行した。

「空軍のボロさん中将。いるかい」

妖精たちの環の中からウサギの妖精がジャンプして現れた。うやうやしく頭を下げた。

「帰還をお待ちしておりました」

「前に送った指示書通りに準備は出来ているかい？」

「今度は遅れません。大臣」

ウサギは跳ねながら言った。翼は少し微笑んだ。

「分かった。それと個人的に聞いてみたいんだが、今、首相から呼び出しが来ててね。対応しようと思うんだが、その前に対応の方針を決めておかないといけない。首相と元陸軍大将は繋がっていると思うかい」

「思いません」

即座の言葉に、翼はちょっと驚いた。

「なぜ」

「元陸軍大将の新田良太は些《いささ》か英雄気取りのところがあります」

「英雄は独断を好む、だっけ」

「その悪質なコピーもです。大臣」

「まあ、僕は英雄じゃないから分からないけど、確かにそうだね。首相もグルなら僕はとっくに解任されているだろうし」

少し考え、言葉を付け加えた。

「苦労をかけます。中将」

「喜んで」

ウサギの発言に、翼は少し微笑んだ。

「ありがとう。僕の方はちょっと演説の一つもするよ」

そう言った後、大久保在住であることを明かすか、それとも大久保にやってきていたという設定にするかを少し考えた。まあ、後者かな。

＊

翔は続々とやって来る情報に目を奪われている。

──翼P、副官の強化現実眼鏡でアクセス中。

──副官棘棗さんお手柄。翼P救出成功。

──翼P、指揮権回復。現在点呼中。

──それでは陸軍翼Pファンクラブの皆さん、手をあげて。

翔が目をやると、棗と妖精は手をあげて自己の座標から仮想タグをはりつけた。高さ無限の一定時間で消滅する仮付けタイプの仮想タグ。

翔はこの空を見上げる。あちこちで花火のように光の柱が打ち上がりはじめている。光の柱を縫うように、腹が火事の光で照らされるほど低空飛行する架空軍の戦闘機団が続々と突入を開始した。

翔もあわてて手をあげた。仮想タグはりつけ。自分の上にも光の柱が延びた。

戦闘機疾風《はやて》が頭上を通過する。次々と武装コンテナを投下しはじめている。翔はパラシュートを開いて落ちてくるコンテナの一つを受け取った。仮想のコンテナは強化現実眼鏡で見ると圧縮情報を自動で展開し、いくつかのアプリケーションを翔と、その強化現実眼鏡に与えた。

「手引き……？」

翔は展開されたアプリケーションの中身がいくつかのマニュアルであることを確認した。防災の手引きに救急の手引き。回覧板かなにかで同じようなものを見たことがある。

——アテンション。注目！　大注目！　これより翼Pリアルタイム放送。

翼Pが見慣れない強化現実眼鏡をつけて、いつもの微笑みを浮かべている。

「こちら、大久保。陣頭指揮をとるためにここにいる。現状は大混乱だね。いや、参ったよ」

翔は笑った。皆も笑った。いろいろな苦労を参ったと一言ですませられる大人になりたいと思った。

「元陸軍大将はああ言っていたが、実は逆転の手がある。……そんなに難しいことじゃない。皆でがんばればいいんだ。警察や消防、救急が来るまで。我々で自治する。我々一人一人が治安を守り、火を消し、延焼をおさえ、救命する。いつもと同じだ。政府がやらないことを架空政府がやる。軍がやらないことを架空軍がやる。いつか政府も軍も来るだろう。でもただそれを待つのは芸がないじゃないか。我々は助けを待つお姫様じゃない。国民だ。ここは我々の国だ」

自治するといっても、相手は棒を持っていますと翔はそう思った。思いが通じたのか翼Pは微笑んで言った。

「包丁や銃を持って暴れる犯罪者もいるだろう。それを理由にして自治を危ぶむ人もいるだろう。大丈夫」

翼Pはにこっと笑った。

「現地に展開しているパトロール隊を中心に強化現実兵器を配布した。銃は強化現実でねじ伏せる」

翔は自分にも武器が配布されているかも知れないと展開ファイルを見たが何もなかった。目をやるとパトロール隊の面々が新しいおもちゃを与えられたように喜んでいる。年齢制限があるようだった。翔はがっかりした。早く大人になりたい。

翼Pは優しく言った。

「とはいえ、戦ってねじ伏せるだけが方法ではないはずだ。同じ地区の住民同士、いがみ合わなくてもこの国を良くすることはできる。誰かを追い出したりしないでも国を守ることも出来る。この国を貶《おとし》めないでも上に行く方法はいくらでもある。愛国心は……誰かを傷つけなくても存在を証明出来る。他人を傷つけることが愛国心だと思っている哀れな元陸軍大将に教えてやろう。そうではないと。真なる日本とやらは、折り目正しく助け合う秩序だったいつもの我々であることを」

＊

大輔は不意に左右を見た。

自分以外のこの場にいる皆が一様に黙り、何かに耳を傾け、見えない何かを見ている。

大輔もスマートフォンを取り出して強化現実を覗き見てみた。

画角が狭くてよく分からないが、誰かがしゃべっているようだった。大輔はスマートフォンを振ってもっとよく見ようとした。やはりこれからは強化現実眼鏡の時代だろうかと、ちょっと思う。長いスマートフォンの時代は、終わろうとしているのかもしれない。

大輔は不意に肩を叩かれた。パトロール隊の面々がいい笑顔をしている。

「あんたと同じことを架空防衛大臣が言っている。いいこと言うな。あんたも」

憤然とする大輔。内容が同じでも架空大臣とやらが言うと、違うらしい。大輔は唇を蛸《たこ》のように突き出すと、架空防衛大臣とやらに会ったら文句の一つも言ってやろうと考えた。

＊

加速度的に忙しくなりはじめている。翼は自分一人の手では無理だなと常識的に考えた。他人に任せられるところは任せるにしても、それでも控えめに言って他人には任せられない仕事が、一〇〇〇人分はあった。

一〇〇〇人、一〇〇〇人ね。はいはい。

翼は技術者らしい方法でその問題を解決した。

自分の人影を一一五六人同時展開して、架空軍と架空政府関係者に連絡を取り、作業を進めはじめたのである。

長い長い接続時間に裏打ちされた翼の行動や言動の蓄積データを元に、推論機能で再現された人影は寸分違《たが》わず翼のように動き、凛々しく現状を確認し、指示を出した。集まりはじめる情報を飛ばし読みしながら、翼は一一五七人目の翼、この空の守りとして、首相のコールに答えた。

随分焦燥した様子の首相が表示された。目がぎょろついてあちこちをせわしなく見ている。立ったり座ったり。これで髪のポマードが崩れていれば完璧だったんだがと思いながら、翼は話を待った。

「翼くん、なんで出てくれなかったんだ」

なじるように言われたが、翼は無視した。

「架空軍の陸軍大将、新田良太が反乱を起こし鎮圧をしていました。既に制圧し本人の身柄は警察にあります。彼は首相に何か言ってませんでしたか」

「……いや」

首相はそれだけを言う。翼は首相を眺めた。嘘ではなさそうだった。そも元陸軍大将と組んで行動していたのなら、僕に必死に連絡を取ってくるわけもない。やはり棘棗さんが言っていた通り、首相と陸軍大将は組んではいなかったようだ。

「なるほど。まあ、とにかく一つは片付きました。次です。デモ参加者が暴徒化して、大久保から東中野にわたって火の海になっています。これをどうにかしなければなりません」

「止めようとしたんだ。一所懸命止めようとしたんだよ……」

泣きそうな、というよりは実際泣いていそうな調子で首相は言った。

「まあ、そうでしょうね」

翼は静かに言った。悪い人ではないという点では疑いがない。悪い人なら雲隠れして、しばらくあとで顔を出すだろう。

「予想していたような口調だな。予想していたのなら何で言ってくれなかったんだ。なぜ早く駆けつけてくれなかった。僕はこんなに苦しんでいるのに」

「まず、事前忠告に関しては、言いましたよ。有象無象が入って来たらどうするんだ、それが問題を起こしたらどう責任をとるんだと。人を増やせばいいってものでもないとも、僕は言いましたよね」

「でも、それは架空軍の話で……でも」

「なんで隣で起きている問題が自分では起きないと思うんですか。想像力の貧困が応用力を低下させ、今の政府をして失政に陥らせていると思います。現実も架空政府もね」

しゃがみ込み、泣き崩れる首相。翼はそれを無視した。気の毒とは思うが、もっと気の毒な人もこの夜には沢山出ているだろうから。

「もう一つの件、なぜ早く駆けつけなかったかについては僕のミスです。私事にかまけていました」

まあ、僕の場合は私事のために架空防衛大臣をやっているんだがと翼は思った後、付け加えた。

「とりあえず、この件終わったら一緒に責任とって辞めましょう。それとリアルはどこにいますか」

「リアルは……大久保」

「近くですね。迎えに行きますよ。指揮はとれそうですか。臨時閣議を開いて暴動への反対声明を出す一方で、全員の辞表をとりまとめてください。既に非公式に集合させ、個別の説得はさせています」

「分……かった……。翼くん、ありがとう。やっぱり僕は君がいないとだめだ」

「ありがとうございます。それと事後になってしまいましたが事態鎮圧のため、架空軍の出動命令を今すぐここでお願い出来ませんか」

「ここで？」

「この場で。今すぐ」

首相は架空軍がこの期に及んで役立つのかと思ったようだが、最終的にはのろのろとうなずいた。

「架空軍に出動命令を出します。この事態をなんとかしてください」

「拝命しました。では、こちらも準備がありますので、後ほど」

そう言ってボイスチャットを切った。

現実の翼は、壊れてあちこちがへこんだ五〇ccのバイクを押して歩く棘棗に並んで、ゆっくり歩いている。

「騒ぎが僕の家の近所で起きてくれて助かった。錦糸町や大阪の鶴橋だったら電車賃がかかったろう」

そう言うと、棘棗は小さく微笑んだ。

「お気遣いありがとうございます。ここは昔から愛国デモの代表的場所でしたから」

翼は苦笑してうなずいた。だからこそ極端な愛国者と極端な日本嫌いがこの街から沢山生まれている。

強化現実眼鏡で現在の状況を確認、自分の人影たちが適切に動いている事に小さな満足を覚えた。

しばらく歩く。七海の家の前を通り過ぎる。

二〇秒前に架空政府の臨時閣議が行われ、暴徒に対しての非難が決議され、事態の沈静化を呼びかける発表が行われた。

架空軍は警察、消防が来るまでの対応活動を開始。この日、事態は何度めかの動きを見せつつある。

ボイスチャットのコール。翼は即座にとった。

自分の目の前に、宙に浮いたバーセイバーが映し出された。翼を見下ろし、いつものように微笑む。

「取り込み中と思いますが、失礼します」

「いえ、あなたの助言を受けたいと思っていました」

翼も微笑んだ。目を伏せ、口を開くバーセイバー。

「私の助言など、貴方には必要ないでしょうに」

「いいえ。必要です。完璧で完全な人間はいません。だからいつも、誰かの言葉は聞いていなければ。バーセイバーさん、僕は貴方に」

バーセイバーは話を断ち切るようにして、そう言った。

「お別れを言いに来ました」

目を見開く翼。

バーセイバーは可憐に胸元で拳を握りしめ優しく微笑む。再度、言葉を続ける。

「お別れを言いに来たのです」

「な、なんで。どうして」

「……寿命なのです。私の」

静かに告げ、優しく微笑むバーセイバー。

「申し訳ありません。大臣」

「え、いや。謝ることじゃ。リアルの健康ですか。大丈夫ですか」

「大丈夫ではありません。ですが、挨拶くらいはできましてよ」

翼は三秒考えた後、あわてた。

「ど、どこの病院にいるんですか。今すぐお見舞いに行きます」

「翼。貴方はこの国を守るのでしょう」

「守りますけど！」

翼は叫ぶように言った。微笑むバーセイバー。

「それでいいのです。守ってください。私は、遠いどこかで貴方の活躍を見守ります」

翼はこの数十秒でこの日何度目かの衝撃を受けた。歯を食いしばる。棘棗が何事かと目を見開いている。あわててスマートフォンを向けて何が起きているのかを知ろうとしている。

歯をくいしばり、五秒考え、背筋をそるように顔をあげる翼。希望はある。なければ技術で作るまでだ。

「その言葉を真面目に受け取っていいですか」

「え？」

驚くバーセイバー。

「バーセイバーさん。僕を見守っていてくれますか。実際死亡するかどうかは関係なく、貴方の気持ちは、どうですか」

バーセイバーは意味が分からないという風だったが最終的には、にっこり笑った。

「それはもう。婆はいつまでもずっと、貴方を見守ります」

翼は虚空に浮かぶバーセイバーを見た。彼女が浮いている理由が分かった。彼女の靴は猫になったので、今は靴を履いていないのだった。

翼はバーセイバーの最後の気配りを見て、誰よりも優しく微笑んだ。

バーセイバーは横を見た。

「ごめんなさい。もう駄目みたい。涙で前が見えないわ」

「ありがとうございます。バーセイバーさん。……では、またあとで」

「さようなら、翼。私は誰よりも貴方を想っていました」

バーセイバーは消えた。

翼は涙も見せずに歩く。歩きながら、バーセイバーの行動が蓄積された自分の三次元記憶素子から人影を作り出した。今まで自分の蓄積データから自分の人影を作っていたが、翼はそのプログラムを、他人に適用した。

長いこと一緒にいた彼女ならば。彼女なら。

左右を見て驚いている人影のバーセイバーが出現する。目尻の皺が消えていた。目尻をシミ一つない綺麗な両手で押さえ、驚いている。

「それでは引き続き助言をお願いします」

そう言った後、ああ、でも履き物がいるなと思った。

田中翼は自分の心に問いかける。おい、まだいるんだろうと。

すぐに、にゃあという声が聞こえた。

心の中にいる、愛国心という獣。素朴な愛郷心が領域国家というものに結びつき拡大した愛郷心として生まれた、近代の生んだ最大の猛獣。昔からの強化現実。

どんな人間にも見えないが、翼はその獣とずっと一緒にやってきた。くじけそうな時、自殺したい時、何もかもうまくいかなくて怒りと無力感に震える時。

そんな時、彼は愛国心という名の獣が自分に寄り添い心配そうに傍らで喉を鳴らしていることを知覚する。その獣は猛獣で人類史上何人も何人も殺してきたのだが、同時にひどく慈悲深く、同胞を助けるために何人もの人々に寄り添っては立ち上がるまでその心を守ってきたのだった。

苦笑して鼻筋を叩く。大丈夫さ。一緒にやろう。七海を守る。七海の近所を守る。七海の国を守る。ただそれだけだ。僕は他に何も必要としてやらない。

愛国心という獣は、にやりと笑って翼の見る方向を共に見た。まるで、それでいいと翼にささやくように。

翼は自らに寄り添う獣の姿を思い描くことがある。その獣は、大きいであろう。人よりきっと、一回り以上大きい。手触りがいいから毛がふさふさで、遠くまでよく見えるので目は大きい。肉食なのは間違いない。だから目は丸く、正面を向いている。耳も前に向けられるだろう。顎の強さを担保するように、鼻筋は太いに違いない。疲れなどない故に脚は丈夫で、肉球もそれに応じて巨大なものだろう。大きさから鑑《かんが》みて、それが猫科の獣であることは間違いないように思える。

愛国心は虎に似ている。翼はそう思った。

虎か。結構。七海の国を守る役に立つのなら、この際蛇でもなんでも構わない。まだしも愛嬌のある顔だったのは幸いだ。この顔ならば、七海だって怖いとは思うまい。

翼は自分の人影の一つを虎に変化させた。これならまあ、貧相だとかトレーナーだとか、オタクだとか、だあれも言わないことだろう。

翼は虎をバーセイバーの履き物にすることにした。

愛国心という虎はにやりと笑い、バーセイバーに本来誰も乗れぬであろう、うねる背を貸した。

「履き物がないと困るでしょう。今後はそれをお使いください」

翼はそう言った。今や独立した人影、妖精たちと同じく強化現実上のキャラクターになったバーセイバーは笑った。虎の背に脚をそろえて座った。

「貴方は強引なのね。翼。ずっと、知らなかったわ」

「すみません。こういう奴なんです」

国家だろうと死だろうと、気にくわなければ己の技術で敢然とどこまでもこれらと戦う人物、それが翼だった。誰も彼もが、彼の外見やニートという境遇に騙され続けていた。

微笑むバーセイバー。妖精の女王。

「なるほど。では、私はどうすれば？」

「その虎は自由にさせますので、とりあえず虎をいさめてコントロールしてください」

「分かりました。正直に言えば、私、ずっとこういうのに乗ってみたいと思っていたのよ」

「良かった」

翼は心から笑って言った。かつての自分の人影、妄想という名の自分だけの強化現実キャラクターから、今や独立し妖精たちと同じく皆の強化現実上のキャラクターになった獣の鼻筋を叩いて耳元にささやいた。

——俺は彼女を、お前は彼女を。頼んだぞ。

獣は鷹揚に頷くと妖精王のごとく威厳をたたえて顔を上げた。大久保が燃えている。

バーセイバーは微笑み、虎のような生き物の背を優しく叩いた。

「行きなさい。そしてこの空をまもるのよ」

愛国心は長年の相棒だった翼を見てにやりと笑っただけで別れを告げ、空をかけて飛んでいった。

＊

大輔は大久保通りに戻った。避難所に行くにしろ翔の母を捜すにしろ、アパートに戻るにせよ、幹線道路である大久保通りを避けては通れない。

振り向き、翔や稟、妖精の様子を見る。まだ大丈夫そう。パトロール隊はこの際、どうでもいい。

前よりさらに炎の臭いがきつくなっている。いや、火そのものが臭いを出すわけがないからこれは何かが燃える臭いか。視界も悪くなりはじめている。煙たくなってきたな。

この時期、夜ともなれば涼しいはずなのにちっとも涼しくない。たまに熱い風が吹いている。火事の風かと思うと恐ろしい。にも関わらず人通りは増え、大輔たちの前進は徐々に遅くなった。最後には足が止まる。人が車道まで覆い尽くすようにいて、立ち止まっていた。誰が敵で誰が味方なのかも分からない。

最前列を見れば外国人と日本人が列をなし、にらみ合っている。それ以外の人々はなにかといえば、火事や騒ぎ見たさの野次馬のような連中で、しきりに携帯端末のカメラで騒ぎや火事を撮影するのに夢中になっていた。

現実が派手に壊れている。悪夢のような悪いファンタジーが現実を食い荒らしている。

利那に浮かんだ考えを追い出し、そんなことしてる場合かと大輔は怒鳴りかける。

突然翔が叫んだのを聞き、怒鳴り声を引っ込める大輔。なにごとかと振り向いた。

振り向いた先でパトロール隊までもが叫んでいる。

多くの野次馬が叫び、あるいは口を開けたまま見上げている。

日本人も外国人も、手をとめた。暴徒ですらも。

大輔はあわててスマートフォンを取り出した。強化現実モードにして空をかざした。

＊

大輔が野次馬に怒鳴ろうとして口を開いたその瞬間。翔は異変に気づいて足下を見た。かけた強化現実眼鏡の向こうには、現実と違う現実が浮かびあがり始めている。

アスファルトを割り、この国の大地に覆い被さるように草が伸びていくのを見た。昔、田舎に行ったときに嗅いだ草むらの匂い、緑の匂いを思いだした。

左右のビルを飲み込み、蔦で絡めていく草花。

草花は火事と戦いはじめていた。伸びては燃え、また伸びている。植物は寡黙な戦士のようで、何も言わずにただ伸びている。

あちこちに文明の残りなのか、草原の中の岩のように自動販売機がつきだしている。翔はその一つに覚えがあった。架空軍の旗を妖精がはりつけたのだ。

〝八紘一宇〟

架空軍を示すその文字が時代の変転を示すように回りはじめている。回転する文字の裏から世界中のいろいろな妖精たちが顔を出しはじめた。

回る文字に誘われるように妖精が楽しそうに歌いながら踊りだす。踊りは何もない虚空の上で輪になって、輪は見事な真円を描いた。

人間の方の妖精が、口を半分開いた後、優しい顔になった。隣の遠山少年が声をかけている。

「あっちの妖精はなんて言ってるんだ」

「悪いファンタジーは終わりにしましょう。地の果てまでを一つの家のようにしましょう。王よ、今こそ帰還される時。良きファンタジーをこの世界に呼び戻す時……」

妖精たちは歌いながら踊って主人の帰還を祈念した。人間の妖精が泣いている。妖精たちは人間世界に間違って生まれた仲間のために、一層強く祈念した。

祈念が通じる。虚空の円から巨大な獣とその背に乗る女性が帰還する。

虎に似た巨大な生き物が着地した。重みに脚や背が沈み込むさまは現実的でありすぎて、その場にいた者は敵味方野次馬の区別なく、一斉に逃げ出していた。

注目を集めながら、王の威厳をたたえ、ゆっくり歩く獣。その背の女性は形のいい指に羽の生えた妖精をとまらせて眺めている。

「翔くん。お母さんを捜しているのでしょう」

翔は目を丸くして綺麗な女性の顔を見た。はじめて見る若い女の人なのに、どこかで聞いた声だった。

微笑む女性。

「すぐに場所を教えるわ。待って」

女性は、優しく盛り上がっては力強い曲線を描く獣の背を叩いた。

にやりと笑い、獣は身を起こして前脚を伸ばし爪を出した。駅から少し離れた方向。

虎じゃない猫だ、と翔は考えた。虎は前脚の爪を出し入れできない。

小学生の図鑑的知識を動員し、翔は虎に見える巨大な猫を見た。雉虎の模様、巨大な首輪。首輪にはKONATUと書かれた古びた金属プレートが張られている。

「ありがとう。こなつ」

翔が小声でそう呼びかけると、獣はにやりと笑ってにわかに咆哮した。

スピーカーやイヤホンが割れるような音がして、人々は面白いように逃げ出した。この瞬間、強化現実が現実を飲み込んでいた。

「道をあけました。お行きなさい。そこには別の助けもいるわ」

女性は優しくそう言った。ついでずっと妖精になりたかった人間の妖精に頷き、貴方は人として人間を手伝いなさいと命じた。人間の妖精は涙を流したが、女王に誓ってと口にして翔を助ける意志を示した。

去っていく翔たちを見送り、女王は微笑んだ。顔をあげ、言祝《ことほ》ぐように妖精の言葉で歌を歌った。歌にあわせ植物の成育が一層速くなり出した。それは優しい歌なのに、まぎれもなく戦いの歌だった。

数名の暴徒が武器を取り落とした。草原の草花の中から木々が生え、木々が伸びては葉をつけ、花をつけ、葉に色をつけ、雪をかぶって葉を落としていたからだった。この国の四季が凄い速度で流れていた。いつまでも火事と戦っていた。

野次馬の数名が顔に手を当てて涙を流していた。

妖精たちが小さなお椀に水を入れて火に注いでいるのを見て、手伝いだす者がいた。最初の一人は日本人ですらなかった。肌の浅黒い女だった。その活動はすぐに日本人の手によって手伝われ、続いていろいろな色の肌の手で手伝われていくことになった。

＊

翼は緑の草原を歩いている。

無料の子供向け強化現実アプリという名目で何年にもわたって浸透、拡散させていたトロイの木馬、すなわちコンピューターウイルスタイプの秘密兵器を今日使うことになるとはなあと思う。

親や周囲の大人が子供にアプリを与える過程で、自分で使わなくてもダウンロードはするであろうと踏んで、子供向け強化現実アプリという偽装をかけていたのだが、狙いはあたって十分な普及率を得ていたようだ。場にいるほとんど全員が、共通の強化現実を見ている。

本来は企業が悪性タグを一斉復活させた場合の保険だったが、予定は狂うためにあるものらしい。

まあ、そういう日もある。

翼は自分と別れた一匹と一人を思った。

自分の心の中だけにいた獣が、主を失ったバーセイバーの人影とともに皆の強化現実になる。そう言うとファンタジーだなと微笑んだ。寂しさは少しある。でもそれ以上に誇らしい気分ではあった。

翼は感傷を追い払う。強化現実のことは獣と彼女に任せるにしても、現実の方は現実の自分が対処しなければならない。

大久保に集まってきた将兵が見聞きした情報をオペレーターたちがふるいにかけ、統合して将軍たちが作戦を立案し、警察や消防隊の中にいる架空軍の将兵に呼びかけ、協力して活動を開始させた。

野次馬を巨大な獣が切り開き、女王が優しい声で警官隊と消防隊を大久保通りに誘導した。消防隊がなだれ込む。良いファンタジーが良い現実と手を携えて、悪いファンタジーと悪い現実と戦いだした。

＊

大輔は獣と綺麗な女性の導きで草原の中を歩き出した。

国土を覆うように伸びた草は火事と必死に戦うかのようにその背を伸ばしており、自然を畏敬する日本人としての原初の心を打った。

多くの暴徒が、野次馬が、それぞれの役割を放棄して消化を手伝いはじめている。妖精たちが新しい人間の仲間のそばを飛びかい、何事かの指示を飛ばしている。日本人と外国人、総称して人と、強化現実上の妖精が手を取り合って火事と戦い、怪我人を救護しはじめている。

現実が強化現実という名のファンタジーに浸食され、いいように食い荒らされている。なんだこいつらはと大輔は思いながらも、自分もCGであるはずの草木を守りたくて仕方なかった。あの列に入ることが出来たらと、そう思った。

自分にも愛国心がある。自然に対する畏敬の念もある。大輔はそう思いながらその心を押し殺した。この子を、翔を母の元へ連れて行かねばならないし、それに火事を引き起こしたのも、外国人を怯えさせるのも、愛国心ではないか。大輔は他の人間のように、素直にはなれなかった。

大輔は火事から背を向けるように、奇妙な取り合わせになった面々と歩きだした。獣に乗った女性の導きは完璧で、それまでの歩みが嘘のように、歩きが速くなった。歩き出して五分で、まだ住宅地を覆う森の中から二人の男女が現れるのが見える。

そのうち片方が知り合いで大輔は目を見開いて驚いた。続いてパトロール隊もなぜかびっくりしている。

「先輩じゃないですか」

大輔はそう言った。草原の中、スーパーカブを押して歩いていた棘棗はびっくりし、三浦くん？　と呼び返した。

「大丈夫でしたか。怪我とかは」

大輔は大股で歩み寄り、そのまま棘棗の隣に立つ強化現実眼鏡をかけた男を見る。貧相な顔立ちをした、トレーナー男。

「ああ。この人が三〇点」

「ち、違うわよ。こ、こっちは、この世の誰より一〇〇点満点の方！」

顔を真っ赤にして棘棗は手を大きく振って否定した。え。これがと大輔はトレーナー男を見る。いや二五点、いやいや二〇点だろと思った。なんかむかつくので一五点と意見を修正する。

横を見ればオタクたちが変な顔をしている。

「昨日と違う妹が！」

「うわ、ほんとだ。違う妹が」

「二人……いるのか」

「そりゃ死亡フラグだろ」

パトロール隊がめいめい勝手に意味不明のことを言っている。

「妹じゃないし、そういうのでもないから」

トレーナー男は、苦笑しながら否定。大輔たちの顔を見た。

「だ、大臣。架空防衛大臣」

翔が呆然とつぶやいている。大輔はあわててトレーナー男を見た。

田中翼は大輔を見返す。

大輔が見る限り、この夜の惨劇を起こした張本人であるはずのその男は、随分貧相な顔と格好をしていた。

＊

翔は憧れの人物を見て、ひどく緊張した。

ファンタジーの中から、伝説の人物が、ゆるりと姿を見せている。

まるで、この空を守るかのごとく。それは歩いてきていた。自分の足で、草木茂る八島を踏みしめるように。

翔の足が止まる。自分の心臓が、派手に躍っている。

よれよれのトレーナー姿、優しい風貌。どんな時にも取り乱したりしないような物腰——態度。

己を誇ることも驕《おご》ることも決してない、国宝級のスーパーハッカー。誰よりも国のために精勤に励み、あの人は何人いるんだと噂されるほど多数の仕事を一人で一気に片づけ、自分はニートだと言って皆を笑わせる、実在を常に疑われる生きた伝説。

間違いない。翼Pだ。

子供っぽいと稟によく言われるが、自分の大好きな強化現実の作者であり、同時に架空防衛大臣である人物を凝視する翔。息がひとりでに止まっていた。

「遠山くん。人事部長から話は聞いている。僕も人捜し中でね。一緒に捜そうか」

「ほ、本当ですか」

翼はそう言って笑ってみせた。翔は顔を赤くした。

「誰にでもお母さんは大切なもんだよ。うん。時間がもったいない。歩きながら話そう。歩けるかい？」

「あ、歩きます」

「翔くんと呼んでもいいかい」

「はいっ」

「小学生が歩き続けるのも大変だと思う。なんなら僕がおぶるよ」

翼はそう言って微笑んだ。翔は顔を赤くしてこれを断った。

「僕、翼Pより絶対かけっことか速いです」

翔は一気にそう言った。拍子で呼吸が出来るようになった。

すぐに稟と妖精が左右に並ぶ。

「このバカより成績はいいです」

「僕は食べるの得意です。好き嫌いもありません」

＊

「それは頼もしい」

翼はにこっと笑った。

見ればパトロール隊が驚愕の顔で口を開いている。

「弟すらつくろうというのか、この人は」

「リバーシブルか」

「ありえねえ、なんだこの人」

「人たらし」

稟があわてて翔に抱きついた。

翼はその光景を見て苦笑する。どこかで昔見た光景。こんなことは早く終わらせて、七海を早く迎えにいきたい。

「ありえないのは君たちの想像力だから」

＊

大輔は翼を凝視する。翔の動きがあきらかに変わった。

これもまた、ファンタジーかと大輔は思った。現実を食い荒らす、ファンタジー。思えば一昨日までの自分は、日本で暴動が起きるなんて思ってもみなかった。

大輔は翼の顔を凝視し続ける。スマートフォンをかざしてみれば別の人物に見えるかもしれないと思いつつ、目の前でそれをやるのもマナー違反だなと考えた。

それで、一歩遅れて歩いた。ちらりとスマートフォンをかざして見たが、翼の姿にファンタジーを見つけることは出来なかった。

大輔は翼に案内されるままに、裏道に入った。まだ静かな住宅街に入り、誰に邪魔されることもなく歩く。道一本でこうも違うものかと驚きつつ、暴徒の心の動きを考えた。

この住宅地では暴れないのに、表通りでは暴れていいと思っている人間の心理が分からない。

「なんで、たった一つ道を隔てただけで人の考えは変わるんだろう」

大輔の呟きに、翼が答えた。

「前例があるからだよ」

「は？」

「前例があるから。人は模倣をする」

翼は、もう一度ゆっくり言った。気負いも何もない。ただの事実を述べるような口調。

大輔は自分が思う典型的なオタクに見える翼をまじまじと観察した。自分と歳は、あまり離れていないように見える。

「前例って、模倣って、どういうことだ」

「人種や国の別なく、落書きが増えるのは落書きがあるからだと言った方がいいかな。聞いたことはないかな。駅や海岸でも、普段から綺麗にしていると中々汚れたりしないと。暴動だって同じ。誰かが暴動しているから、自分も暴動する。多くの人にとっては、ただそれだけ。そこに人の善悪や国籍はほとんど関係ない」

大輔はポンペイの街を思い出す。あの街の人々のリアルな動きの大部分は、ただのトレース、前に歩いている人の模倣にしか過ぎない。

大輔は翼を見て口を開いた。

「それがあんたらのやってることか」

翼は微笑んだ。

「そうだね。落書きを一旦消して綺麗にする。それだけでいいはずだ」

暴動も同じ手で鎮圧しようとしているんだろうなと、大輔は虎のような生き物の上に乗った女性のことを思った。ショックでもなんでも与えて、一旦鎮火させれば、日常が戻る。そういうことか。

大輔は自分とあまり変わらない年齢なのに、自分と違って何もかも持っているような翼を見る。先輩は恥ずかしそうに翼の横を歩いている。理不尽だ。

理不尽と戦うべく、大輔は先輩と翼の間に割って入った。先輩に代わってバイクを押す。これが正しい女先輩への接し方だと思いながら、口を開いた。

「俺のアパートは俺以外、外国人ばっかりだ。どこに行けばいい。どこなら安全に避難できる。愛国者さん、その代表さんとやら。あんたら近所に外国人は住んでないのか、日本人じゃなきゃどうなってもいいとでも思ってるのか」

翼は演説がどうこうと小声で言ったが、そんなものは大輔の望む言葉ではなかった。大輔はにらむ。架空防衛大臣は苦笑して口を開く。

「気にしたことはないけど、確か僕の幼なじみは半分アメリカ人だかウズベキスタン人だよ。避難所については大丈夫。安全確保の努力をみんなでしていこう」

良い答えのような気はしたが、大輔は別のところで腹を立てた。

「あんた俺の先輩を弄《もてあそ》んでるのか」

「大臣、私は三浦のものじゃないですから！」

翼はなんと答えようかと目をさまよわせる。目がとまる。

視界の端で、包丁を持った女が、形相を変えて笑っている。

強化現実の存在ではなさそうだ。髪を振り乱し包丁を構えて走ってくる。

＊

あれ、先生……

翔は担任教師を見て、口を開こうとし、続いてその手に包丁が握られているのを見て目を見開いた。

担任は何かをつぶやいた後、包丁を構えて走ってくる。

翔にはそれがとてもゆっくりに見えた。

＊

棘棗がとっさに翼を守ろうと手を広げて動いた。さらに大輔が棘棗を守ろうと動く。違う。と翼は言いかける。彼の強化現実上では包丁を持った女が小学生に突っ込んでいる。

暗殺対策用装備として日常的に入れていた行動予測アプリの効果だった。

女は幸い、強化現実眼鏡をかけていた。

翼は自分の動きでは間に合わないと判断。即座に強化現実兵器を使用する。

小学生たちの姿を隠しつつ囮《おとり》を一m横に出現させた。処理の速さに女の肉眼は小学生たちが走って移動したと認識した。そして何もない空間に突っ込んでつんのめって包丁を取り落とした。

直後にパトロール隊が女を取り押さえる。

小学生たちを避難させつつ翼は、取り押さえられ訳の分からないことを呟く女の強化現実眼鏡に、子供向けの強化現実アプリをインストールする。眼鏡をかけ直してやる。女の目が大きく見開かれる。

「貴方はきっと、今まで機会がなくて新しい現実を見てなかっただけだよ。大丈夫、新しい現実も、そんなに悪いもんじゃないさ」

翼は慰めるようにそう言った。

＊

大輔は勢い余って棘棗に、先輩に抱きついた。そしてひっぱたかれた上に引っかかれた。

ひっぱたかれた顔はそうでもなかったが、五階から自転車を受け取った際に突き指した親指を再度突いたのは痛恨だった。音にならぬ息を吐いて、意識が瞬間混濁するくらいの痛みが走る。

「ちょ、ちょっと、そこまでひっぱたいてないわよ！　……ひっぱたいてない……よね」

一緒に倒れ込んだ先輩は心配そうに言った。

「俺の方が格好良くないですか」

大輔は意識が混濁したまま、本音を口にした。

先輩の顔色がみるみる変わる。赤か、青か。大輔は痛みをこらえながら表情を見た。正解は両方だった。大輔は、赤くなり、青くなり、最終的に赤くなった先輩から突き放された。冗談はいいから立ちなさいと言われた。

大輔は草原に転がったまま、この反応、まだ希望はあると思った。ついで立ち上がりながら負傷の内容がいずれも喧嘩とも戦闘とも関係ないことに気づいた。アパートに帰っても、住民には自慢できそうもない。

＊

夜明け前の大久保駅前。空は不気味な赤い色から、いつもの紫がかった青い空に移り変わろうとしている。

翔はいろいろありすぎたと考える。父からの連絡が夜中にあったことに今更気づいた。

強化現実眼鏡を外す。お父さんは自分やお母さんのことを嫌っているかもしれないとちらりと思ったが、すぐに翔は翼Pを思い出した。お父さんは翼Pに似てるに違いない。そう考え直した。

駅前に座り込んでいる人々を見る。駅の構内に逃げ込んで難を逃れたのか。

翔は、その人々の中から疲れ果てて座り込んでいる自分の母を見つけ出した。

「お母さん！」

母が立ち上がり、駆けてきた息子を受け止めた。

びっくりしている。

「なんでこんなところに……」

「いつまでも帰らないから」

翔は涙目になってすがりつき、母を見上げた。

母は自分ではない方向を見て驚き、目を細めている。

＊

翼は息子に抱きつかれている首相に頭を少し下げた。

おそらくは自分の成し遂げたことを噛みしめ、満足するためにデモに参加し、雲行きが怪しくなるにしたがって首相は、本人が翼に語ったように必死にどうにかしようとしていたんだろう。家にも帰らず、ずっと責任をとろうとしていたに違いない。

翼はため息をつく。何が悪かったのか、首相が悪いのか。いや、そうではあるまい。自分がそうだったように、どうしようもない理由がみんなにあって、それが積み重なったのだろう。それを自らの逃げ道にしてはいけないのだろうが、他人を許す材料にするのならありなのではないか。

苦笑する。まだ総括する段階ではないと思った。海外がこの事件をどう見て、日本政府がどう動くか、分かってもいない。ほら、肩の上に腰掛けている妖精も微笑んでいる。

それにしても遠山という姓からしてあの少年の縁者とは思ったが、まさか首相が女性とは思っていなかったなと考えつつ、横の棘棗を見る。いや、予想される話ではあった。僕が間抜けだっただけで。

翼はもう一つの自分の間抜けを微笑んだ。微笑みながら、丁重に首相を無視する。彼女だって、大事な人の前では架空政府の首相なんか演じたくはないだろう。

全部忘れたかのように目線を動かし、事実は何も知らぬまま親子の対面を感動的に見ているパトロール隊の面々と棘棗に言った。

「これで終わりじゃないぞ。暴徒たちを押さえ込みつつ、要救助者を助けなければ。他の部隊とも連携をとって効率よくやろう」

パトロール隊の一人が言った。

「要救助者に外人がいたら、どうしましょう」

「同じ地区の住民同士、いがみ合わなくてもこの国を良くすることはできる。誰かを追い出したりしないでも国を守ることも出来る。そう演説でも言ったし、個人的な話もした。もう一度言う。人間を助けるのに選別は不要だ。そんなことしないでも、この国は良くなれるよ」

翼はそう言って歩き出した。

隣を大輔が歩き出した。

*

大輔はあの母親には見覚えがあるな、帰るときに人を動かして道をあけてくれた美人じゃないかと思いつつ、親子の対面が終わったら架空政府のやつらというか翼に、先輩とか先輩とか暴動の責任を問うて派手に殴りかかってやろうと思っていた。

実際そう思ってずっと握り拳を作って機会を待っていた。だが、今握りしめる手を緩めた。アパートの住民が思い起こされた。パキスタン人のバーテンダーとインド人夫婦に止められている気がした。

心の中で彼らに礼を言いつつも、大輔はなんの気負いもなさそうな翼を見る。

今なら翼がどんな強化現実も身に纏《まと》っていない理由が少し分かった気がする。自分とあまり年齢が変わらないこの人物は、存在そのものがファンタジーだった。ファンタジーはファンタジーを必要としない。現実で十分なんだろう。

凄い奴だな。大輔は素直にそう思うのと同時に、強烈な競争心を感じた。だから横に並んで歩いた。今はいろんなところで負けている気がするが、いつかは本当に並びたいとそう思った。なんかムカつく。

「あんたにはいろいろ言いたいことがある」

大輔は火事の火が見えなくなりつつある大久保通りを見渡してそう言った。言葉を続ける。

「だが、この状況だ。おしゃべりする暇はないだろう。だから、一つだけ聞きたいことがある」

「手伝ってくれるなら、作業中話くらいは聞くよ」

翼はそう言った。

大輔は手伝うさと言った後、翼を見た。

「ネットで調べたが、あんたらを見ていたら意味が分からなくなった。それで改めて聞きたいんだが、八紘一宇《はっこういちう》ってなんだ」

スマートフォンをかざしてみれば、大久保を、日本を覆い尽くすように八紘一宇の旗がはためきだしていた。空にはいつか見た飛行機が隊列を組んで飛んでおり、地には虎に似た生き物の上に乗った綺麗な女性が、華麗に指揮して、現実を動かしはじめている。

翼は同じ光景を見ながら口を開いた。

「日本書紀の言葉さ。八紘一宇。戦時中の悪い言葉だね。意味は、地の果てまでを一つの家のように」

「どこが悪いんだ。〝みんな仲良く〟だろう」

「僕もそう思っている」

翼は大輔に向かって、初めて笑ってみせた。

人間の方の妖精と、稟が並んで手伝い出した。パトロール隊の面々も。バリケードになっていた車を動かし、救助の車がスムーズにたどりつけるように道をあける。

「パトロール隊はいいとして、君たちは休んでていいよ」

翼がそう言うと、稟は横を向いた。

「翔が私のところに戻ってくるまでは、手伝ってます」

「まだ感動の再会中ゆえ」

人間の方の妖精が、人間くさくそう言って微笑んだ。

翼はそうかと笑って、この空を見上げる。こういう子がいる限り、この空のまもりは誰かについて考える必要はなくなるだろうと考えた。

＊

駅前の街頭ＴＶに、久しぶりに見る父が映っている。

大久保の事件が鎮圧を迎えつつあるのを告げ、いまだなお多くの不満を持っているであろう国民に対して、事件の元々の発端であった強化現実の新たな規制と監督官庁を新設することを約束していた。

翔は母に抱き付きながら、父も頑張っていたのかなと考えた。そうであると、思いたい。

母に強く抱き付き、上を見る。

「お母さん……？」

翔は怪訝な顔でそう言った。

＊

母、美都子《みつこ》は翼から目をそらし、息子に向かって微笑んだ。

「ごめんなさい。びっくりしてたの」

美都子は翔をまじまじと見る。同じ家に住んでいたのに、まじまじと見ることが最近なかった。いつから息子をまっすぐ見られなくなっていたのだろう。政府関係者である夫へのアテつけで架空政府に入ったときから、あるいは翼という男にはまりだしてから？

「背、伸びた？」

そんな思いとはまったく関係なく、美都子はそう言った。翔は恥ずかしそうに、だが得意げにうなずいた。

＊

朝が、来る。

大久保にも、朝が来る。当たり前の話ではあった。

焼けた花屋の前を、よれよれのトレーナー姿の男が通りかかった。少々薄汚れたその姿を見て、肌の浅黒い花屋の主人は大変だったねえとお仲間に言うように声をかけた。

翼はいえいえ、もっと大変だった人はいると思いますと言った後、ちょっと考えて、口を開いた。

「失礼ですが、花束を売ってくれませんか」

「焼け残りでよければ持っていっていいよ」

「いえ。貰い物を女性に渡すのはなんだか悪い気がするんで」

翼は店主がびっくりする程度の持ち合わせをはたいて、まっすぐと歩き慣れた道を歩いた。

見慣れた家の前について、三秒考える。五秒は考えなかった。

「バーセイバーさん。いや、七海。聞こえるかい」

窓はすぐに開いた。

「なんで分かったの？」

七海は目を真っ赤にしているのにも気づかぬように、窓から身を乗り出してそう言った。

翼は笑っている。

「今まで気づいていなかったけど、小学生にもそれと分かるくらい僕はちょっとした有名人だったらしい。だったら七海が気づいていてもおかしくないなと思ったのが一つ。もう一つは気づいていると仮定して、にもかかわらず七海は架空軍について僕にこれまで一度も聞いてこなかった。尋ねる必要がなかったんだと思った。ずっと僕のそばにいたんだから必要ない」

七海は笑った。優しい笑いだった。

「ばかね。あんたのお母さんだって、うちのお父さんだって、翼のことはみんな知ってるわよ」

翼は苦笑する。僕の母は助演女優賞をとれるなと思った。

「教えてくれてもよかったのに」

「黙っているなりの理由があったんでしょ」

七海はそう言った。翼は微笑み返した。

「ずっと七海に守られていたからね。今更僕が七海を守るとは言えなかった」

「それと、バーセイバーさんが七海だと分かった理由の最後だ。もう一人の、自分の中の僕が、ついていくことを嫌がってなかった」

七海は怪訝そうな、意味が分からないような顔をした後、あわてて目をそらした。翼と喧嘩していることを思い出したような顔だった。

「……なにそれ」

「結婚しようってことさ」

*

「企業の強化現実という空間は誰のものでもないという主張は誤りだ。日本に展開する強化現実空間、つまりこの空は日本のもの。この空をまもるのは日本人だ」

架空政府首相退任の演説は、そんな言葉で締めくくられていた。

大輔は電池の残り少ないスマートフォンで演説を見ながら家に帰った。

電池が切れる。スマートフォンをポケットにいれる。日本人ってなんだよ。と思った。

アパートの前にはインド人の夫婦やパキスタン人のバーテンダーやら中国人の四人のホステスやらフィリピン人の母がいて、笑っていた。全員が煤《すす》けた様子だった。

「みんなどうしたんだい」

子供二人に抱きつかれながら、大輔が言うと、弱気そうなパキスタン人のバーテンダーが微笑んだ。

「みんなで待ってたんですよ。ダイスケさんを」

「俺を、ですか」

大輔がびっくりして言うと、中国人のホステスたちがそれはいいから、私たちの活躍を聞けと早口に言った。大変自慢そうな様子だった。

「あのあと、ダイスケ追ってみんなで街に行って消火活動手伝ったネ」

大輔は、それで破顔した。

この空を守るのは日本人だというのなら、彼らも日本人でいいんじゃないかと思った。うんざりするほど沢山話し合った結果になるだろうが、この件、翼や先輩に認めさせたい。

＊

朝。主がまだ帰らぬ家で、ＰＣが一台、自動起動を開始した。枕元に置かれた古い強化現実眼鏡の向こうには、現実と違う現実が浮かびあがりはじめている。

緑の草原に、何気なく置かれたテーブル。岩。岩には日本書紀の一節からとられた四文字からなる古い言葉が書かれていて、一匹の獣が寝そべっていた。戦う敵が当面はいなくなったようであった。

長い髪の女性が一人、吹きはじめた朝の風に髪を踊らせている。獣の鼻筋をなで、そして新しい現実を言祝ぐように歌い出した。

〝小さな光である君に。僕は翼をあげる。〟

〝光よ、束ねよ。そうしていつかは剣になり、八紘一宇を打ち立てん。〟

歌に感応して岩に彫られた文字が回りはじめている。回転する文字の裏から世界中のいろいろな妖精たちが顔を出しはじめた。

回る文字に誘われるように妖精が楽しそうに踊りだす。踊りは何もないテーブルの上で輪になって、輪は密度をあげて光をあげはじめ、光は波になって最後は妖精たちの姿を失わせた。

光の輪が、強化現実眼鏡の向こうで回っている。女性は手をあげて微笑み、青空を見た。獣は尻尾をゆっくり振った。

光の輪はテーブルから虚空へ。虚空から東中野の上空へ、東中野の上空から東京の上空へ、東京の上空から日本の上空へ、日本の上空から地球の上空へ。そして銀河へ。

ＰＣがシャットダウンを開始する。

強化現実眼鏡の電源が自動で切れた。

あとがき

あとがきというものが苦手だったりします。

ハヤカワ文庫さんでははじめまして。芝村裕吏《しばむらゆうり》と申します。ゲームデザイナー兼作家・マンガ原作などをやっています。もう書くことが終わりました。困った。

近況を書くにも仕事上、秘密保持契約にがんじがらめになっており、将来を書くにも大した展望もない。という案配です。将棋で言うと詰んでいます。しかしそれでもあとがきは書かないといけないものなのです。

これが小説だと全部フィクションなので好き勝手に書けるのですが、世の中そうそううまくいきません。

この本が二〇一二年最後の芝村名義での出版物です。今年は、マンガの原作やボードゲーム併せて一二冊出すことが出来ました。仕事をくれた皆さんと、商品を買ってくれた皆さんに、感謝しつつ、まだ筆を置けない状況です。あとがきというものは空白が多くて困ります。

二〇一二年はぎりぎりまで原稿を書くことになりそうです。一二冊も書いたし、八月以降は仕事しないぞと思っていたのですがまんまと短編と長編の仕事が一本ずつ入りました。それらを片付けても、まだ一〇月ですから今後も仕事は来るかも知れませんが、どれも来年の発売です。気は楽なものです。

よく新宿で遭遇する知り合いの小説家さんによると、この出版ペースはなかなかのものだそうです。ですが、上には上がいるので頑張らないといけません。

そういうことを書きつつも、来年は品質向上のために本数を減らし、創意工夫の心意気を持って作業をしようと考えています。そう考える一方、がむしゃらに数をこなして少しずつ腕をあげるのも手だなと思いつつ、やっぱりどうせならきちんと編集者のもとで勉強しなおして、読者の満足度をもっと高めたいと思っています。

『この空のまもり』という作品は、二〇一一年に静岡で開催された第五〇回日本SF大会で早川書房の編集さんから名刺をいただいた事がきっかけです。ちなみに飲み会由来以外で仕事になったのは一〇年ぶりくらいです。快挙といえなくもありません。名刺を持たないうえ筆無精なので連絡先はここですとメールで返事を出したのが一月後《ひとつき》という始末で、よくもまあ原稿になったもんだと思います。

執筆は七月二〇日から八月一五日まで。土日は休み、一日に六〇〇〇字を書いていました。執筆に使ったのはPOMERA DM100で、PCを使わなくてよいので夏でも暑くなく静かに書くことが出来ました。DM100は組み込み型ATOKでは候補に出てこない漢字も国語辞書機能からコピペモードで使用することが出来たので、電子辞書を使う機会がずいぶん減りました。日本国語大事典を開いたのは一度だけでした。

一日の平均労働時間は六時間で、猫と遊んでいる時間を仕事時間に加えないともう少し減る様な気がします。

話の内容的にはもっと救いのないものを当初考えていたのですが、助命嘆願が複数出て、これを受け入れる形で変更しました。編集や実家の家族などから助命嘆願がこれだけ出るのは珍しいことです。普通、シリーズ物で編集者がキャラ人気にびびって助命嘆願をするものですが、今回は「こういう時代なので」という文言が散見される結果になりました。

世相は大変のようです。

現代において作家というものは企画案をいくつか出して、執筆するだけの限定的な役割でて主たる戦闘力の過半を編集者、営業、書店員、コアなファンが握っています。中でも編集者の役割は重大で、作家を選び、企画を選び、宣伝告知を考え、企画がうまく形になるよう作家にうまく要望を伝えて手直しをさせないといけません。

作家が同じだから本の内容や面白さが同じであるかと言えば、そんなことはない。というわけです。

『この空のまもり』の場合、編集さんがんばりました。編集さんからの要望がぷよぷよのオジャマぷよのように大量に降ってきて除去に時間がかかりました。一旦書いた後の手直しに三週間もかかっています。文句なく今年一番時間がかかっています。分量も当初から三〇％増えています。

で。かかった時間はどうかといえば、かなり有効に面白さに転化されている気がします。私としても大変に楽しく、また勉強になりました。今回のことを踏まえて次に活かせられればと思います。

具体的には今回の編集さんのノウハウは大部分吸収して自分のものに出来たと思います。他の作品にも波及して品質をあげつつ、もっと色々なパターンの編集者と組んでそこから勉強したいと考えています。そのためにも来年は発表作品を減らし、試行錯誤して学んだことを我がものにしたいと思っています。

またこれまでおつきあいのある編集者さんも、新たに得たノウハウがあるようなら、それを芝村に適用してみていただければ幸いです。芝村は発展的闘争と勉強を望んでいます。

同時に、近年営業がPOSデータに依存し人間性を喪失する一方、書店員の価値はかなりあがりました。機械のアルゴリズムは機械に解析させるのでいいとして、人間性というか人間としての眼でアイテムを選ぶ書店員との接触を増やし、そこからも学びたいと考えています。

来年は一〇〇回書店員と酒を飲んで勉強します。

二〇一二年一〇月一日　自宅にて

本書は書き下ろし作品です。

次世代型作家のリアル・フィクション

マルドゥック・スクランブル
The 1st Compression——圧縮〔完全版〕
冲方 丁
自らの存在証明を賭けて、少女バロットとネズミ型万能兵器ウフコックの闘いが始まる。

マルドゥック・スクランブル
The 2nd Combustion——燃焼〔完全版〕
冲方 丁
ボイルドの圧倒的暴力に敗北し、ウフコックと乖離したバロットは〝楽園〟に向かう……

マルドゥック・スクランブル
The 3rd Exhaust——排気〔完全版〕
冲方 丁
バロットはカードに、ウフコックは銃に全てを賭けた。喪失と安息、そして超克の完結篇

マルドゥック・ヴェロシティ 1〔新装版〕
冲方 丁
過去の罪に悩むボイルドとネズミ型兵器ウフコック。その魂の訣別までを描く続篇開幕！

マルドゥック・ヴェロシティ 2〔新装版〕
冲方 丁
都市政財界、法曹界までを巻きこむ巨大な陰謀のなか、ボイルドを待ち受ける凄絶な運命

著者略歴　ゲームデザイナー，漫画原作者，作家　著書〈マージナル・オペレーション〉シリーズ『ガン・ブラッド・デイズ』『キュビズム・ラブ』他

HM=Hayakawa Mystery
SF=Science Fiction
JA=Japanese Author
NV=Novel
NF=Nonfiction
FT=Fantasy

この空《そら》のまもり

〈JA1084〉

二〇一二年十月二十五日　発行
二〇一二年十二月十五日　二刷
（定価はカバーに表示してあります）

著者　芝《しば》村《むら》裕《ゆう》吏《り》
発行者　早川　浩
印刷者　草刈龍平
発行所　株式会社　早川書房

郵便番号　一〇一 - 〇〇四六
東京都千代田区神田多町二ノ二
電話　〇三 - 三二五二 - 三一一一（大代表）
振替　〇〇一六〇 - 三 - 四七七九九
http://www.hayakawa-online.co.jp

乱丁・落丁本は小社制作部宛お送り下さい。
送料小社負担にてお取りかえいたします。

印刷・中央精版印刷株式会社　製本・株式会社フォーネット社

ISBN978-4-15-031084-4 C0193

本書は活字が大きく読みやすい〈トールサイズ〉です。